灵魂的在场

叶　朗

四月的诗有光，有灵气，有优雅的气质。

四月的诗有光，这是心灵之光。宗白华说：“一切美的光是来自心灵的源泉：没有心灵的映射，是无所谓美的。”在中国美学看来，“心”是照亮美的光之源。四月诗的光是从四月的心灵中发出的，它照亮美，照亮人生，照亮存在的意义。

《致漂泊者》是这本诗集中的华彩乐章。这首诗写萧红有如“燃烧的冰”那种灿烂而惨痛的人生：

萧红　呼兰河底的一株水草，
乱流中你折断了根，
在无法确定的命运里飘荡，
沉浮于无穷无尽的沉浮。

雪飘落在炽烈的火，
注定是悄无声息的惨痛和消融。

2 萧红　你不属于那个时代！
燃烧的冰是你人生的肖像。

诗人没有停留在对萧红的痛苦人生的追忆，而是用充满赞叹的语言，写出萧红短暂人生中包含着神圣的永恒的价值：

你是自己的造物主，
漂泊是漂泊者的故乡。
你用一生的时光在分娩，
在命运的诅咒里娩出生的意志！

被割断了喉管的金翅鸟，
你用无声的歌去歌唱，
那一个个旋生旋灭的灵魂，
怎样热闹地生热闹地死！

挣脱一个风暴继而
纵身跃入另一个风暴,
从一个问题到另一个问题,
浅笑是你向死而生的宣告。

这是一曲神光照耀下的灵魂的悲歌。这是美的神圣性。法国哲学家巴什拉说:“诗人在存在的门槛处言说。”“通过一个诗歌形象,灵魂说出自己的在场。”这首《致漂泊者》正是如此。这首诗把对人生的神圣性价值的追求融入萧红的生命历程和人生苦难。这首诗是心灵、灵魂、人的存在的直接产物。读者读了这首诗,为萧红的“浅笑的人生”伤感,在伤感中思考存在的终极意义。

我们在这里看到冯至、卞之琳等北京大学前辈诗人对存在的终极意义进行形而上沉思的传统。四月在新的世纪继承了这个传统,以对人生神圣价值的信念把它推到了一个新的高度,这使我们无比喜悦。

《我读出了风》是四月对当代油画家丁方的油画的深度演绎。丁方在西北大地的高原上行走，他画这崇伟的高原，画七八千米的山峰。他用自己调制的混合材料，用浮雕和壁画的手法，做厚肌理的堆积，画出静默的悲怆的山，圣洁的雪峰，神鹰的故乡，而四月则从中读出了旋转呼啸、席卷一切的风，在皱褶的肌理中看到了时光的舍利：“面对着赤裸的山的悲怆，/在那粗砺的结构和肌理中我读出了风。/读出了秃山和红河的秘密。”“在悲怆的静默中我读出了风，/读出了从沉默的宇宙深处吹来的风，/惊心动魄的皱褶和光的独白。”“在那蔚蓝色的天幕下旋转的风，/是伟大的造物主的手。/托起了喜马拉雅从地表分娩出的那一刻。//凝固了帕米尔奇迹般的崛起，/地下的岩浆　山峦与低谷的对峙。/它凝固了时间凝固了被遮蔽的真实。”诗人从丁方的群山中读出了种群迁徙繁衍的历史和祖先的面目，读出了中华民族的精神力量和精神追求：“风在激烈的笔触间席卷一切，/携带着金属和尘土　呼啸而过/雕刻出河川的身姿与祖先的面目。//雕刻出神话　文明　顽强的种群，/还有那苦难的基底上向死而生的崛起。/就像一部充满神意的杰作。”“在那山的流淌中有风铸造的神殿，/有达·芬奇的追寻　有西斯庭教堂天顶的圣光/圣贤的亡灵正从那里通向天国。”

四月的心灵之光，照亮了丁方画面上的天、地、神、人一体的永恒世界，那无比灿烂而又宁静的世界，照亮了丁方画中的历史意蕴、精神强度和美的神圣性：灵魂渴望向高处飞升。

宗白华说：“艺术的境界，既使心灵和宇宙净化，又使心灵和宇宙深化，使人在超脱的胸襟里体味到宇宙的深境。”四月的《致漂泊者》和《我读出了风》这两首诗，显现的正是这种“艺术心灵与宇宙意象两镜相入，互摄互映的华严境界”。

四月的诗充满灵气。

四月的诗不是苦思苦想“想”出来、“挤”出来的，不是拼凑而成的，而是灵感勃发时喷涌出来的，就是陆机说的“应感之会，通塞之纪，来不可遏，去不可止”，也就是王夫之说的“现量”。“现量”是现在，现成，显现真实。“现量”是“天籁之发，因于俄顷”。“现量”是“因情因景，自然灵妙”。你看《风暴》这首诗，从“托我在你的手心，/让呼吸穿过那/顺从的乌黑的发丝，/像是宇宙的风，/吹散了黑色的云，/擦亮那斑斓的晚星”开始，到“遮天蔽日的风暴，/像烈火一样地吞吐，/吞吐着爱和死，/生的意志和狂热，/分娩的眼泪和哭喊。/在这僵硬的世界，/奔突出一条新的恒河。/在那恒河的波浪中，/化为永恒的节奏。/神光下的羽化和飞升，/朵朵绽放的白莲”，一直到结尾，“宁静就像处女的泪，/

滴落在遥远的天际，/滴在无限喜悦的/宇宙的心坎”。整首诗在瞬间倾泻出来，酣畅淋漓，浑然天成。废名曾说：“新诗要写得好，一定要写当下完全的诗。”（《谈新诗》）四月的诗就是这种当下完全的诗，“现在”，“现成”，具有直接性和完整性。诗中写爱的风暴，像烈火一样的吞吐，生的意志和狂热，奔突出一条新的恒河，化为永恒的节奏，朵朵绽放的白莲，最后意象跳跃，狂热归于宁静，宁静就像处女的泪，滴在无限喜悦的宇宙的心坎。诗人把情爱的高峰体验写得如此感性、绚丽而充满芳香，这种体验创造人生的一种新的经验层面，由无限喜悦和激情而上升为一种诗意的生存境界，最后在爱的沉醉中获得与大自然一体的感觉，即与大自然同一的宇宙感。自有新诗，差不多每一位著名的诗人都写过情爱的诗，但很少能写得如此神妙。这是情爱诗的极品。

这本诗集中有许多写情爱的诗，如《湿梦》：

“你的微笑，/像一架秋千，/舞动着我的娉婷。/你的柔情，/似甜美的风的抚摸，/月下的春水盈盈。/睁开眼睛/一个湿湿的梦，/落在了我的枕边。/静谧的空气里，/还留有那/玫瑰色的温馨。”如《宇宙在我们的唇齿间静默无声》：“你是一颗成熟的透着浓香的果子，/把沉甸甸的收获的季节/采撷来　放进我的微笑和渴望。”“数个世纪的时光终于邂逅，/迸发出电闪雷鸣　星河虹霓/宇宙在我们的唇齿间静默无声。//只有那始自肉体深处的花园/迎来了一朵一朵灿烂的花开。”这些诗句和意象，描写生命和存在相遇时的高峰体验，描写达到自由境界的生命之爱和存在之爱，都显出异样的神采。

我们再看《未名湖的石鱼》这首小诗：

柳烟　从天际垂下阵阵经幡，
写满了无上的般若。

一尊石鱼　终于在水里跃出，
噗通一声　击穿万古长空。

这四句诗，也是天籁之发，因于俄顷，有如天外飞来，又完全是眼前光景。半个多世纪以来，未名湖畔曾经走进和走出多少大学者，他们每个瞬间的思考，都“写满了无上的般若”，都“击穿万古长空”。湖畔的阵阵柳烟，湖中这尊从水里跃出的石鱼，充溢着形而上的意蕴，这种意蕴不是抽象的观念，而是“像感觉一朵玫瑰花的香味一样”（艾略特），读者可以直接感觉到的。

四月的诗有一种优雅的气质。

我们看《夏梦》：

花团锦簇的灿烂，
包裹在紫色的睡莲的心里。
天空被烧出了一个窟窿　河床干枯，

夏天在蒸腾的空气中渐渐沉没。

我想起了一个细雨纷飞的夜晚，
月亮曾轻轻地坠入过荒芜。
还有那耳边的轻语和岸边的灯火，
闪烁在未曾命名的时光的乐章。

再看《霜降》：

还来不及褪去最后的一缕绚烂
在隆重的谢幕中隐退，
就被这突如其来的苍凉覆盖了
光辉的余韵　秋天在四季的枝头坠落。

燃烧的枫叶瞬间收熄住蹿动的火焰，
遗落了去年此时的缤纷。
灰色的霜冻　把它提前交还给命运，

寒气和僵硬从大地的深处潜行上来。

这些诗句的色彩、温度、音韵、节奏构建了一个追光蹑影的意象世界，“吟咏往来，觉蓬勃如春烟弥漫，如秋水溢目盈心”（王夫之），这就是优雅的气质。我们在这本诗集中到处感受到这种优雅的气质。如《如果只是一片落叶》：“如果只是一片落叶，/ 也要向着你的微笑里飞去，/ 在你的绝美的手边，/ 成为一枚独特的书签。// 作为一枚书签 / 接受你数万次的抚摩。/ 和你一起驻留在沉思的瞬间，/ 凝视你　直到皱纹爬上你的眼角。// 我周身的叶脉也要为你舒放，/ 舒放出一个绚烂的雨季，/ 不去忧虑生命的枯萎，/ 也无需恐惧在泥土中的腐朽。// 我把脸放在你的手掌，/ 这是一片叶子的天堂。/ 我在你的气息里陶醉，陶醉成细雨中的一株丁香。”又如《燕南园》：“常青藤厌弃一切荒谬的束缚 / 沿着破敝倾颓的篱墙，/ 在历史的风化中守望着夜空，/头顶有灿烂星辰的照亮。”日常生活中最平常的东西，最普通的场景，一片落叶，一株常青藤，一只飞鸟，一杯咖啡，在四月这里都充满诗意，透出高贵、优雅的气质。

这种优雅的气质，出自四月对于人生、对于世界的审美的、感恩的心灵。四月一直以一种惊奇、兴奋、敬畏甚至狂喜的心情体验人生。窗外的一片叶子，是“宇宙间最惊心动魄的生命的图景”。“我惊异于所有的飞鸟，/我用无限崇拜的眼神仰望过它们。/那歌唱着掠过大地时的轻盈，/这自由的印象永远只是第一次显现。”“如果遇见和风卷过白杨的枝头，/请一定停下你的脚步　抬起头颅/那是天使的手指触动的竖琴　世界将/融化在那光里　领受那群叶的圣歌和祝福。”（《听风》）就像八十年前冯至说里尔克：“他怀着纯洁的爱观看宇宙间的万物。”“一件件事物在他周围，都像刚刚从上帝手里作成。”里尔克自己也说：

“对于每个我们真实观看的物体，我们不是第一个人吗？”(《里尔克》)在这种审美的、感恩的心灵面前，世界上的一切都那么有情味，有灵性，与人息息相通，充满了不可言说的诗意。四月的诗的高贵、纯洁、优雅的精神气质就由此而生。

这本诗集的最后两首《莫高窟》和《月牙致鸣沙》曾经在《光明日报》上发表过，引起许多读者的赞叹，很多人说还没有见到过这样富有历史感和神圣感的敦煌诗篇。这两首诗也是这本诗集的华彩乐章，写出了历史的本真栖居于它的灿烂光华之中，在灵魂深处与人直接见面。且看这两首诗的结尾：

朔风吹散了历史，
却吹不去你的从容。
黄沙深埋了记忆，
却掩不住你的庄严。

这里有无上的般若，
我和你的约定，
宇宙间无限的沉醉，
沉醉中的你和我。

（《莫高窟》）

大漠荒野　阳关三叠
觱篥声绵延出千年的卷轴。
多少繁华和绮丽，
也经不起时光的回眸。
在静默的时光的深处，
驼铃还回旋着寂寥的余响，
孤独者的远游。

我只愿在你的胸膛细细流淌，
做你心头的一滴眼泪。
和你默看和相守，

在你的怀抱中沉醉与欢愁，
成为你生命的理由。

（《月牙致鸣沙》）

这两首诗的结尾，回到了这本诗集的书名：四月的沉醉！

四月的沉醉，是美的沉醉，是爱的沉醉，是沐浴在万物一体的阳光之下，体验它的无限意味和情趣，本真的存在伫立于色香声味的“现在”，时间停止了，所有的意义在这一刻显现。

四月的沉醉，是生命的沉醉，是生命与存在相遇时灵魂的在场，存在的终极意义被心灵照亮。

2017 年 6 月 18 日于燕南园

春风如是

朱良志

北京大学艺术学院教授顾春芳（笔名四月）博才多艺，卓具艺术品位。她是一位有很高成就的戏剧研究专家，又是一位出色的诗人，常常是奇思佳绪，清词丽句，倾泻而下。其优雅的情致，深邃的历史和人生感思，富有感染力。

她以诗心贯通艺术创作和研究，这本来就是中国传统艺术家所要求的禀赋。中国艺术在一定程度上说是诗性的，诗是传统艺术的底色。春芳教授的这份才素，对她深研传统艺术的精髓，创造富有新时代气质的新章，具有特别助益。其实，北大的美学与艺术研究向来重视诗性因素，像宗白华、俞平伯、吴组缃、林庚等著名学者，都是有影响的诗人。当代大陆美学与艺术研究中，诗性的气氛稀薄了，这是令人遗憾的。

春芳教授的诗歌创作量很大，这本《四月的沉醉》，是她从近年来创作的作品中选出的诗集，皆为自由体，几乎篇篇可读。诗中显现她直接的生命感觉，表现出她对历史、生命、艺术等的态度，格调清逸，音声和美，富有浓厚书卷气。淡淡吟来，平常事象，却韵味悠长。

她的诗，有一种“奇警”的构思。如集中写敦煌的两首诗，诚为佳构。一首假托月牙泉写给鸣沙山的恋歌，直呈敦煌的灵魂。“我沉醉在你的怀抱，/一醉就是千年。/直到醉成了一弯月牙，/笑成了这一泓清湫。”月牙泉，是一泓生命的泉源，一片永不黯淡的光明。环绕她起伏的沙海，历尽艰难，倔强地“弯成绵柔的沙丘”，阻挡风的怒吼和冰的锋利。她说，这沉睡的醉意的泉，分明渗出泪的清幽。佛国的庄严世界，透出人生命的惶恐和安宁。此与《莫高窟》诗中所写的“朔风吹散了历史，/却吹不去你的从容。/黄沙深埋了记忆，/却掩不住你的庄严”相呼应，透过佛教、艺术的帷幕，看人性的真谛。泉水就要干涸了，月光就要黯淡了，诗中隐括着当下存在者的焦虑。

她的诗中，有一种淡淡的忧伤。如《约定》，反复吟诵此小诗，那“不是说好了么”的声音总在耳边，拂之难去。生命在一定程度上就是爽约，爽了春花秋月，爽了山高水长，爽了柔肠寸段。生命更是一段没有归程的路，理想的风总是吹出他树的绿，清月的明总是照着邻院的圆。发誓中的来年再无来年，口吐“三生”莲花愿景时，正被逼进此生空幻的路。诗写得似很轻盈，转见沉着；说得痛快，却意陷潸然。这也是我喜欢春芳诗的一个重要原因。因为我每每看到燕南园海棠花开花落时，总有一院的寂寞。她的诗又似在宽解，“落花是终将褪去的色泽 / 凋零也是一种庄严”。（《花开》）她的诗习惯创造这内在的情感激荡，未及篇终，读者已在混茫中。

正像她所说的，“文明隔绝在几本残破的旧书，/ 微暗的火停留在枕边　在书笺 / 在眼前　在每一个细雨的瞬间，/ 成为我或深或浅的呼吸”。（《微暗的火》）她的诗中也有春水盈盈，花影缱绻，但却多具慷慨悲凉大漠风。作为一位女性诗人，她的诗毫无绵软的感觉，深具力量感，甚至有一种要起潜龙于泽中的狂想。如《致漂泊者》，写对文学家萧红的回忆，寓有“漂泊是漂泊者的故乡”的沉思，写那“永不会坠落”的自由精神，字正腔圆。她的诗别具一种历史的睿思，在“铜驼荆棘”（西晋索靖语）中发现人性的光芒。没有无病呻吟和花样摆设，篇什短小，常常是单刀直入，撕开生活表相，呈现出生命深层的痛，甚至有时不惜撕裂自己，带着痛去盘桓。《我读出了风》，是观丁方耸峙的山体油画写出的，我在此语言艺术中，也感受到了“垂直相度经验”。

作为一位学者，春芳教授是通过诗，来表达她的直接生命体验，并将此体验注入艺术研究中。有这一泓清泉溉灌，她的研究一定会切入更深更广的领域，发掘出更有价值的妙思来。

2017 年 2 月 22 日雪后于燕南园

早　春

鹅黄的柳荫似梦，
似婴儿稀疏细柔的发丝。
散发着乳香　舒展开，
皱了一季的冬天的眉头。

鸟儿歌唱　流转成林溪的蜿蜒，
晕染了远山的水墨苍茫。
春风如是　卷起了芭蕉，
静待那一株最温柔的海棠。

我沉醉于四月的沉醉，
怀着静默的欢喜和些许眩晕，
像是躲进母腹的胎儿，
成为柔弱的那一团幸福。

2 风透过我的身体，
把那跳动的心思吹向树梢。
唤醒了她的芽苞，
来会我又一年的花期。

夏　梦

蜗牛的壳点缀了火热的颓墙，
木槿花赤裸着　褪去最后一层羽纱。
阳光刺眼　如飞散的金箭，
射落了十七岁的两颊上绯红的果子。

花团锦簇的灿烂，
包裹在紫色的睡莲的心里。
天空被烧出了一个窟窿　河床干枯，
夏天在蒸腾的空气中渐渐沉没。

我想起了一个细雨纷飞的夜晚，
月亮曾轻轻地坠入过荒芜。
还有那耳边的轻语和岸边的灯火，
闪烁在未曾命名的时光的乐章。

十　月

秋日的乡村，
似一个熟透了的果实。
静默地悬在
橙红色的日暮时分。

金色的香甜，
从那多汁的果子里流出。
那是十月乡村的酒，
和那倾倒在柔暖的麦垛上的梦。

胡杨树飞动着，
卷起那火红的屋顶的炊烟，
烧红了棉花般的云朵，
还有那远山静穆的温润。

草木伸展开来
旋转着滚动过去。
没有人知道风从哪里来
又会到哪里去。

橙红色的屋顶和仓房
发出牧歌似的沉吟，
那是自然的一个乐章，
是大地上捡起的饱满的麦穗。

十月的乡村，
躬身如镰刀一样的身影。
太阳　燃烧着收割过的土地，
悬挂在记忆的日暮时分。

霜降

还来不及褪去最后的一缕绚烂
在隆重的谢幕中隐退，
就被这突如其来的苍凉覆盖了
光辉的余韵　秋天在四季的枝头坠落。

燃烧的枫叶瞬间收熄住蹿动的火焰，
遗落了去年此时的缤纷。
灰色的霜冻　把它提前交还给命运，
寒气和僵硬从大地的深处潜行上来。

花瓣卷拢　果实萎顿
那曾被十月感动的青空和斜阳，
也变得忧郁和阴沉，
幽寂地徘徊在枯芦和败草的叹息里。

还来不及酝酿好别离的心情，
大地就这样苍白得一发而不可收拾。
在这不可收拾的苍白里，
如何能整理出一些快意和情致？

在那积雪和浓雾的黄昏，
不至于快速地黯淡了年华。
这一场突如其来的霜降　借着你
正好从容我那颗凌乱而又惆怅的心。

致漂泊者

萧红　为了这个名字，
我愿意将时光交付给静默，
再次沉思与缅怀
追忆漂泊者的黄金年代。

你是冻裂的大地上的
一个哀伤而又低沉的音符。
在一种伟大的使命面前
短暂地生　而后悄然地死。

灿烂如同二月的野花，
激情的倔强和冷静的自由。
你做不了盆栽的植物，
也不接受寂寞的牢笼。

雪飘落在炽烈的火，
注定是悄无声息的惨痛和消融。
萧红　你不属于那个时代！
燃烧的冰是你人生的肖像。

听不见冰裂的声音，
也等不及那解冻的泥土
将你怀抱在她的广漠，
春天再也盼不到你的来信。

萧红　呼兰河底的一株水草，
乱流中你折断了根，
在无法确定的命运里飘荡，
沉浮于无穷无尽的沉浮。

萧红　你的名字浸染的
是爱　是血　是不甘　是迷途
是短暂而又璀璨的在人间，
是神光照耀下的悲哭。

在你那黝黑的深眸里，
倒映着一个悲伤的北方。
在那渺茫的雪原，
冷观那死地上的花开。

童真是你永恒的目光，
守望着冰凌和飘雪的故乡。
那个无法遁逃又无所归依的故园，
写就你挥之不去的宿命。

那里有痛苦的
无法书写的痛苦，
哀怨的欲说还休的哀怨，
不忍回忆的背叛与冷酷！

苦痛不应该成为你指尖上
戒不去的烟　你的咖啡杯
怎能用来贮存寂寞的泪水？
它应该注满高贵的飞思与妙悟。

你应该拥有一个自己的书桌
哪怕它破敝　哪怕它缺失了桌角，
还有一支可爱的钢笔，
绝不蘸了女性的血去书写残酷！

12 你是自己的造物主，
漂泊是漂泊者的故乡。
你用一生的时光在分娩，
在命运的诅咒里娩出生的意志！

被割断了喉管的金翅鸟，
你用无声的歌去歌唱，
那一个个旋生旋灭的灵魂，
怎样热闹地生热闹地死！

挣脱一个风暴继而
纵身跃入另一个风暴，
从一个问题到另一个问题，
浅笑是你向死而生的宣告。

你把手伸向天国的祖父，
你终于不再需要写作。
在那里　女性的天空不再低沉，
你也永不会坠落！

长　夜

星光从夜空滴落　穿透雾的僵硬，
阴影吞噬了光的涟漪和波动，
这是最漫长的一夜，太阳终于累了。

大地像一只鸽子匍匐在冰凌上，
羽翼冻结　像一个献祭者
她的心跳　把黑夜弹出了一个窟窿。

黑暗像气球一样塌陷
或许黎明　还能从那里流淌回来
信仰的回声还能从那里传出。

我拒绝假寐，我要真实的醒来
聆听黑暗　聆听酷烈的风的律令
仰望那黑夜里的漫天白雪。

胜利女神

百级石阶的尽头　高耸着
一个凌空飞扬的姿态。
在她身后　是惊慌的神殿，
远去的时光中的震颤和坍塌。

风在她巨大的两翼间积蓄着，
折断的脖子召唤着一具高贵的头颅。
那血脉偾张里奔涌而出的，
是一场沉睡万年的厮杀。

在那卫城的废墟里，
在雅典娜神庙的胸墙上，
还保留着一块给她做成盔甲的，
属于她的石头！

16 祭奠的酒杯已经干涸，
战车和长矛早已长出了黑锈。
瞻仰是一种公开的囚禁，
她宁愿光荣地埋葬在奥林匹斯的山下。

先辈的土地

卡吕普索再也无能为力了，
神女优美的歌唱如天籁，
香草酥酪　广漠中的圣泉，
也补偿不了奥德修斯的孤寂。

在那艰苦贫瘠的依卡塔，
有他日渐衰老的妻子。
离开了先辈的土地，
世外桃源也终归是流亡之所。

比起长生不死的安乐，
在到达故土之前，
他把生命交付给忧思和希望
直至身躯得以重返大地。

18 无论在炼狱的山巅，
还是在伊甸园的玫瑰花丛，
或是那终有一死的命运，
痛苦、死亡，以及永恒的不幸。

那颗历经苦难的心，
要回归另一颗苦难的心。
在这苦难的归途，
誓言才是永不离散的国土。

为此　他曾告诫阿克琉斯，
去耕种自己的土地吧！
一个阳光下的牧人，
比冥界的主宰更为幸福。

园　丁

昨夜　我又梦见十米见方的土地，
那黑色的　粗砺的　酸楚的土地。
渗透着僵硬和寒意的黏土，
腐叶遍地　如松糕一样的肥腴。

拥挤的瓜果豆角，秋葵和龙胆，
簇拥着他　躬身在热气腾腾的田园。
在他赤裸的脚趾间种子正破土而出，
这是受孕的大地安然的分娩。

这是凡生的大地上
最伟大的奇迹和辉煌的胜利。
真正的园丁　背对地表的果实，
不在意花朵　只培育土壤。

他用锄头把僵硬的土块碾碎，
刨开尖锐的瓦砾和石头，
让干燥的泥床变得温顺柔和，
用皴裂的双手调节她的温度。

每一朵花和每一枚果实
历经了松土　除草　移植　分株的辛苦
以及蚜虫　干旱　霉变和气候的担忧，
还有暴风骤雨的拼搏与守望。

在虔诚的园丁的心中
花园并不是供人享有的礼物。
在那里人与最神圣的馈赠融为一体
培育土壤　孕育生机。

空荡荡的时光

空荡荡的时光，
想起了一些
约定　一些理想，
一些惶惑。
春天的期待，
就这样转眼间
散成一片金黄的银杏。
在秋日的天空，
壮观地飘落。
没完没了的秋天，
果实的诱惑。
晒着太阳的人们，
好似无比的富有。
在这轰轰烈烈的时代，
我呆呆地回眸，

只见空荡荡的枝头挂着

空荡荡的时光。

白 夜[1]

一

白夜　是夏日的杰作，
灼热的静寂。
黑夜遗忘了白昼，
就像爱情遗忘了你。

等待　静默地彷徨在一个
蔚蓝的绯红的白夜。
一夜　仿佛是一生
漫长而又无望的等待。

1　这首诗是重读陀思妥耶夫斯基的《白夜》后所写。

把悬浮的心，

碎成了斑驳的树影。

把金色的发丝，

老成了阁楼上的蛛网。

二

白夜　滴落着少女的泪，

在绝望的湖畔。

在那无声的流光中，

时间也失去了想象。

银色的雾气一样的月亮，

迷失在光的尽头。
沉睡的长夜如同错饮了毒药，
黎明忘记了苏醒。

在这静寂的白夜，
月亮也会感到负罪。
时间背对着空间，
爱囚禁了爱。

三

白夜笼罩的真实，
是一种虚幻的背影。

26 白夜的故事，
仿佛一个遥不可及的梦。

诗句和泪水的抗争，
耗散成一片星河的骸骨。
在这冷酷无情的土地，
灵魂紧紧地裹上了黑纱。

在这极光的黑暗里，
闪亮注定是一种罪孽。
欺骗是残酷的匕首，
一颗颗星星被刺出了血。

山　风

我即将化为山风，
从这里猛烈地吹过。
你像山一样屹立　封住
时光的洪水。
在两座峭壁之间，
把那命运的悬崖　阻挡
阻挡在我的视线之外。
风的义无反顾
在每一处岩石的罅隙里，
震颤呜咽　释放出
强悍而又温柔的仇恨。
我在旋风中风化　风化成
一座柔软的城堡。
风被吸入每一个窗户，
仇恨的力量被包裹进城墙，

隔断那盲目的时光，
以及所有的残暴的沙砾。
在你柔软的体内，
太阳从海天缓缓升起，
照耀在寒冷的巉岩和沼泽。

风　暴

托我在你的手心，
让呼吸穿过那
顺从的乌黑的发丝，
像是宇宙的风，
吹散了黑色的云，
擦亮那斑斓的晚星。
紧紧地裹着云团，
在棉花一样的温柔中，
痛苦地挣扎和祈求，
祈求那爱的弧线，
紧贴着河川以及
那伟岸巍峨的群山。
遮天蔽日的风暴，
像烈火一样地吞吐，
吞吐着爱和死，

生的意志和狂热，
分娩的眼泪和哭喊。
在这僵硬的世界，
奔突出一条新的恒河。
在那恒河的波浪中，
化为永恒的节奏。
神光下的羽化和飞升，
朵朵绽放的白莲。
宁静就像处女的泪，
滴落在遥远的天际，
滴在无限喜悦的
宇宙的心坎。

湿　梦

一夜的梦
你把我轻轻摇醒。
不知是你
唤醒了我的梦，
还是我的梦
唤醒了你的痴情。
留一个身影
在紫藤下的树荫。
你的微笑，
像一架秋千，
舞动着我的娉婷。
你的柔情，
似甜美的风的抚摸，
月下的春水盈盈。
睁开眼睛

32 一个湿湿的梦，

落在了我的枕边。

静谧的空气里，

还留有那

玫瑰色的温馨。

胡　杨

胡杨　你是千年不死的树，
在干裂的河床里拔地而起。
你是荒原上圣徒的灵骨，
是大河的雕塑　自然的纪念碑。

你是风的路标和野兽的禁地，
飞鸟和白雪的故乡。
是落日与星空
最忠诚与神圣的守望者。

胡杨　死后千年不倒的树，
你是一部森林的荷马史诗。
最残酷的杀戮消融在你的褶皱里，
刀刻的罅隙间依然血脉偾张。

蚁群蛀虫畏惧你的身躯，
荒野并不减损你的高贵和骄傲，
你手握着苍穹的雷电劈开那朔风，
用地下的根召唤着新的海洋。

胡杨　倒后千年不朽的树，
你是闪电留下的最后一个神话。
刻入地层的一段人类史的碑文，
定格着凝视你的千万个世纪。

你不甘风化的心　在荒漠上飘浮，
守护着时光曾经赋予你的命运。
在遥远的蔚蓝色的星空之下，
曾经有另一棵树与你静静地相望。

未名湖

不期然地　我又流连在
你的清风和柔波里，
几多徘徊　几多沉醉。
沉醉如这夕阳，
映照着山色晴岚，
在你起伏的胸膛间荡漾。
荡漾　化开一池碧水，
未名的塔影闪烁着
在波光潋滟中放光。
放光　一如我的激情，
我的热望　我的忧伤。
忧伤　如这纷飞的海棠
疲惫的晚樱。
散尽了春的暖意　爱的缠绵。
但愿莫要忘记，

这一刻的缱绻，

绿的湖水，红的斜阳。

燕南园

雷电打断过的半棵树，
春天从另一半树中苏醒。
树籽从哪里落下，
哪里就顶起一片泥土。

没有一棵多余的树，
也没有一株多余的草。
每一块路旁的燕石，
都是宇宙中最永恒的杰作。

即使是一束蒲公英，
也执着地确信，
风阻止不了她做一次
自由自在的旅行。

那燃烧着的二月兰的紫色，
蔓延在万物葱茏的野地，
那是散步时的拐杖
向大地传达的沉思与想象。

在落满松针的碣石上
灰鹊是徘徊的诗人，
它见证着那一方残破的书包，
里面装着人类的心灵。

常青藤厌弃一切荒谬的束缚
沿着破敝倾颓的篱墙，
在历史的风化中守望着夜空，
头顶有灿烂星辰的照亮。

往事与秋叶

秋日的风
是十月的面容。
翻卷涌动着
像海潮般
卷走了夏季。
风干了最后的
一丝热潮。
春的背影隐去了,
阳光也换了色泽,
把绿树和风景
洗成了泛黄的相片。
我想起那一天
我们静静地
坐在回廊下,
像浸在咖啡里的

两把银匙。

优美而高贵，

在苦涩里闪亮着。

果子的气息

从你那皱纹间

散透出来。

一片金色的光，

流动在黑的瞳孔里，

似泪点似笑靥

似那无声的感恩。

往事和秋叶一起，

片片地散落。

春天已经过去，

秋日的风雕刻出

十月的面容。

如果只是一片落叶

如果只是一片落叶，
也要向着你的微笑里飞去，
在你的绝美的手边，
成为一枚独特的书签。

作为一枚书签
接受你数万次的抚摩。
和你一起驻留在沉思的瞬间，
凝视你　直到皱纹爬上你的眼角。

我周身的叶脉也要为你舒放，
舒放出一个绚烂的雨季，
不去忧虑生命的枯萎，
也无需恐惧在泥土中的腐朽。

42 我把脸放在你的手掌，
这是一片叶子的天堂。
我在你的气息里陶醉，
陶醉成细雨中的一株丁香。

或者　是你抬眼时
望见的那一团夏日的云朵。
你的眼泪也曾浸湿过我，
为了那眼底的庄严和高贵。

在我不同的色彩里，
在那终将随风而逝的身体上，
早已刻下了一种眷恋，
一种温柔而又无言的缠绵。

沉醉如一首赋格

我终日凝视这一支琴，

在那苦涩的琴弦上想象我的一生。

为了那尚未到来的华彩，
也为了那另一半醒觉的灵魂。

你的体内曾充溢过爱的甘醇，
浓郁的牧歌，青春的雷电与风暴。

以 D 大调歌唱过明朗和充满香气的日子
向一位女子致以过深深的爱恋。

直到有一天荒凉和惆怅松动了岁月，
再没有力量挽留住最后的那一个音符。

面对闪亮的四季和你的眼睛我并不宣誓

我只默默阅读每一页属于我的时光。

这一根早已饱受痛苦的琴弦,

我会长久地珍爱你这无声的演奏。

平心静气地沉醉　沉醉如一首赋格

在每一次悲欣交集的相遇。

宇宙在我们的唇齿间静默无声

你是一颗成熟的透着浓香的果子，
把沉甸甸的收获的季节
采撷来　放进我的微笑和渴望。

酥酪一样柔软的乳房在你的手心，
正燃烧成巨大的气球　欢呼着
从那金灿灿的麦田的上空飘过。

数个世纪的时光终于邂逅，
迸发出电闪雷鸣　星河虹霓
宇宙在我们的唇齿间静默无声。

只有那始自肉体深处的花园
迎来了一朵一朵灿烂的花开。

尘霾与雪

在覆满了松针的路上，
遇到了单薄如肖邦一样的你。

那双手以最温柔优雅的姿态，
扶向我的肩头　像怀抱起一支提琴。

宁静从尘世的灰霾中流淌出，
不可言说的光在你眼底涌动。

在这注定是短暂而灰暗的漂流中，
我们十指相扣如同生离死别。

仅仅一千米的距离
你和我的相遇耗尽半生。

今夜　我们只是默坐无言，

度过青梅竹马　度过相濡以沫。

澄澈是一种心照不宣，

不需要任何的语言和对白。

在闪电一样的背影中，

世界早已落满了雾与尘霾。

唯有雪飘落在无言的路上，

灿烂了你我的相视一笑。

大地之歌

天空不愿再翻看
大地上带着泪水的字眼。
那些充满感伤的诗篇，
被太阳的光照出了惊慌。

幸福的躯体内
没有了死亡和忧郁的位子。
心的狂跳　自然的韵律和节奏
回响在月光下的荒原。

那是奔腾的江河穿越森林，
闪耀着快乐的光点，
激起那土地的欢呼，
还有那遥远的冬天的遐想。

火红的樱桃布满枝头，
甘甜的汁液洒落在
令人神往的绿草之间，
化成了一片五月的阳光。

还有那如雪的身躯
透出神圣而又光辉的庄严。
伴随着风的起伏，
融化在遥远的碧水和云天。

往事在忧伤的后面，
注视着无限喜悦的
对依恋的依恋，
在大地上写下自由的诗行。

即　景

有一瓣雪
飘过了我昨夜的梦。
记忆穿过了风的阻碍
飞速地倒退，
在另一个时空变成
你的牵挂你的忧思。
我寻不见灯塔，
也看不见桃源。
莽莽苍苍的底色里
有一种声音回转沉吟。
那是绿的生命
在地壳的深处萌动，
蓬勃的力量
在地下苏醒。
穿过雾霭和朔风　飞越

江南的雨幕和北国的雪原。

在山花烂漫处，

我们俯瞰大地。

微暗的火

一场北方的细雨
湿透了江南的一扇小窗。
水墨化开了湿润的午后
故乡的茉莉啊　潸然落泪。

岁月停留在她白色的宁静里，
细数着爬满了颓墙的蜗牛。
她日复一日地凝视着
一颗水滴穿透另一颗水滴。

燃烧的潮湿的荆棘，
是静默无声的火热的悲凉。
犹如万物浸没在神秘的葱茏，
它抑制着闪电的脉搏。

文明隔绝在几本残破的旧书，
微暗的火停留在枕边　在书笺
在眼前　在每一个细雨的瞬间，
成为我或深或浅的呼吸。

血　缘

皴裂了面颊的小孩
趴在干硬皴裂的土地上。

看蚂蚁搬运太阳的影子。
女人等得极不耐烦了！

掉转头去大声地丢出一句
“再看！不要你了！”

孩子立刻丢下了蚂蚁
也丢下太阳的影子。

跌跌撞撞地拼命追赶那双大脚。
直到如土地一样皴裂的手

把即将跌倒的身子提入怀里，
就像提起田间的一捆稻草。

孩子顾不得疼痛和哭泣，
他本能地靠紧住那具愤怒的身体，

柔声细语地呼唤着：“妈妈！妈妈！”
“妈妈！妈妈！”一遍又一遍！

在他们远去的背影里
蓦地　太阳射落了我的眼泪。

虚假的天空

不要靠近那片虚假的映在窗玻璃上的碧空，
不要让那比真实还要逼真的云朵骗取了你的飞翔。

惨遭杀害的鸟群　他们的尸体
一个接着一个从高处纷纷坠落。

而今　当虚假的碧空和云朵也都消失殆尽，
在你们的背后远没有一片干净的天空。

挥动着的善意与疾呼无济于事，
太阳也不能把你们引向森林和海洋。

你那娇小的脑袋因撞击而喷射出的血，
一如人类的伤痕累累的肺！

除了死亡和血是热的　是清晰的　流动的
一切都在浑浊肮脏的空气中黯淡凝固。

可怜的鸟群　你们失落了松林和晚霞，
正如人类失落了梦和光。

听　风

是否你已经很久未曾听见宁静，
在喧嚣的挣扎和搏斗中。
宁静是一方神圣的国土，
一切流亡者的精神的故国。

倘若在某个清晨或午夜，
你能听到月光在风里的轻吟，
除此以外再无其他的纷扰，
你要相信那是最高的神的馈赠和召唤。

如果遇见和风卷过白杨的枝头，
请一定停下你的脚步　抬起头颅
那是天使的手指触动的竖琴　世界将
融化在那光里　领受那群叶的圣歌和祝福。

这世上还有人像我常常迷恋窗外的一片叶子吗？
从一片嫩芽的初生到落下　从不厌倦。
宇宙间最惊心动魄的生命的图景，
最深致的智慧在那里向我全然敞开。

一切人世的艰难与伤害，
并不足以把微笑的嘴角剪平。
在我们的灵魂得到永恒的宁静之前，
必须将我们的内心注满感恩。

如今　一株野花也会叫我落泪不止，
它的花籽为何只掉落在此处而非别处。
为何只盛开在此时而非彼时，
双脚所及的每一块泥土难道不都是栖身之处吗？

60 我惊异于所有的飞鸟，
我用无限崇拜的眼神仰望过它们。
那歌唱着掠过大地时的轻盈，
这自由的印象永远只是第一次显现。

解除思想才是思想最大的进步，
在这世上无需思考的意义才至关重要。
比如呼吸、心跳、美和爱，
以及用无限的时光和激情去亲近自然。

想起了七岁那年

一

总是还没等到除夕　男孩子们
就痴迷于空气里的火药味。

深夜，他们迫不及待地举起燃烧的火把，
漫山遍野地去围捕那个年。

跃跃欲试的鞭炮，
不小心烧漏了哥哥的新棉袄，

簌簌飞落的棉絮像意外的一场大雪，
僵住了田间的春苗还有母亲的脸。

二

女孩子成群结队地进城去洗澡，

她们的土里土气，放肆和嬉笑。

就像一场喧哗的滑稽喜剧，

瞬间摧毁城里女人优雅和矜持的表情。

尽管如此　她们依然艳羡她们的身姿，

烫不起头发的她们，

用通红的火钳子把头发烧成弯曲的形状，

在一缕缕青烟中她们美成了年画里的仙子。

三

已经宰杀好的鸡和羊，

一溜儿倒挂在屋檐下，嘴角滴着血，

直到滴成了红色的冰凌子，

就像那把刺破血管的喜悦的尖刀。

动物们空洞的眼神吊挂在房檐下

在锅里，在碗里，在梦里热腾腾地注视着我。

整个冬天，再没有吃下一口肉，

自此　我得了消化不良的病。

四

棉鞋总是刚做好就已经顶了脚，
外婆用一个黄昏的时光把我的脚塞进去，

那满足的神情就好像我是她
最后包好的一枚过年吃的糯米团子。

她用杀鸡的剪刀把我额头的刘海剪平。
这一剪　剪开了我的去年和今岁，

修平了我七岁那年的多病多灾，
新的日子像我光洁的额头一样露了出来。

我的 1980

1980 年　什么也没有发生，
我在田间草垛上睡了一觉。
阳光对我而言有些奢侈，
我希望的世界就是，
一茬又一茬金黄的麦子。

还不懂江南的梅雨，
可以如诗句一样慢慢滴落。
我日夜凝视斑驳的墙皮上，
发霉褪色的电影海报，
犹如它是指引我的一部《圣经》。

小窗怀想

霉菌　褶皱　密布的划痕，
腐朽干裂的扉页。
毫无意趣的思想的残羹冷炙　然而
这是被整个童年顶礼过的书籍。

那是我的手曾经触摸过的
零落中的富有。
往事如一堆尚未剪辑的胶片，
有种无言的悲怆的色调。

那早已风干的污渍凝结着
希望的痴迷与伤痕。
那层层涡卷翻起的书角，
是无数个问题和可爱的梦的纠缠。

我曾沉醉于小窗的朗照，

无论是夕阳还是新月的光晕。

在那已然心酸的童年，

木槿花总是开得格外顽强。

在 G14 列车上

一

妈妈，此时此刻孩子睡了，
我们在 G14 列车上。

北方的冰河与僵硬的黑土，
遍布着凌乱和苍凉。

河流如细密的静脉曲张，
你的起搏器按在了我的不舍里。

风驰电掣地有些茫然，
强烈的日光焦灼地闪耀跳动。

你手边那一个童年的摇篮，

如流云和归帆驶入我的脑海。

映现出栩栩如生的童年，

一曲记忆深处的挽歌。

二

那时的你还年轻　步履轻盈

布鞋上的蝴蝶飞上乌黑的发辫。

大的出奇的太阳每天升起，

群羊在泥泞的沟渠里吃草。

白得刺眼的是羊毛，
还有四处蔓延的发酵的矢车菊的气味。

野蜂在野风中肆虐，三月里
人们播种着水稻、苜蓿，积攒着肥料。

病痛和劳瘁令他们佝偻，
弯曲的脊椎的弧线远胜过肩头的扁担。

三

我曾躺在世界的麦垛上，
远处是麦田，更远处是无尽的青空。

乡村的白天总是比城市更漫长，
夜晚则更加疲惫和深沉。

六月里阿黄落了一窝小崽，
十二月里它成了城里女人的毛围脖。

七月的葡萄架下缀满果实，
而我们却憧憬着蜜饯和干果。

上元、清明、中秋，跟随着你跪拜祈福，
香烛插遍了祖先的亡灵必经的路口。

对于来往的乞丐　无论何时
你都要分出仅有的半碗饭去。

棉被、棉袄和棉鞋是我们的富有,
针脚里蕴涵着一颗棉籽最神奇的美梦。

四

那时的我们日日渴望
不再用泪眼凝视自己的土地。

而现在我们失去了土地,
在祖先必经的路口早已禁止烟火。

每个人都有几条阿黄的毛围脖,
但还有谁会为它忠诚的眼泪而心酸。

孩子们已然不相信棉籽也有美梦，
硬币从高空坠落的声音取代了半碗饭。

可我依然想念着原野上的荠菜，
野蜂、矢车菊，还有白得刺眼的羊群。

矮小的灌木和巨大的太阳，
以及那条通向村庄的迂曲的小径。

五

向南而行　G14 正在穿越运河，
穿越过往和此时的时间的峡谷。

在风驰电掣的列车上，
这条回家的路我已走了多年。

从幻灭走到惊奇，惊奇走到了厌倦，
从黑发走到了白发。

如今　我已渐行渐远，
远得几乎要忘却故乡的地平线。

农历里天书一样古老的仪式，
还有你那丰腴的苦难的肩膀。

沿着冰河我们再一次南下，
穿越了一个又一个漆黑的隧道。

在你带我回家的路上，我依然渴望着

不再用泪眼凝视我们自己的土地。

花　开

我慢慢地走过
满树的花在云端绽放。

再久的漫长
总会等来这一个时刻。

花开　紫色的弥漫的雾
毫无理由的烂漫。

蓦然　有些惆怅
曾记得去年此时的花开。

树下的驻足
有一双脚印遗落在了何处。

在林溪　在红楼
在另一个春天。

在那海棠花开的季节
如来如去的流光。

落花是终将褪去的色泽
凋零也是一种庄严。

我慢慢地走过
满树的花在云端绽放。

苦涩的定格

落叶是一个个音符，
在忧伤的谱子里零落着
飞散　任由寒风的演奏，
冬天的旋律在不远处盘旋。

回望是一种苦涩的定格。
语言凝固的那一刻，
灵魂才开始苏醒，
秋天的告别总是落花无言。

沉默在零落的背后，
凝结为一条时光的冰川。
凝固了两岸的景致，
还有那无可奈何的挽留。

太阳驻足在我的对岸，
射穿我冰冷的身体。
那沉默的痛楚　灼烧的意志，
嵌入了我的悲伤我的死亡。

我回望着命运的转盘，
人间的悲欢　失散和沉浮。
时间在两双眼睛中间，
昭示着谜底。

在你淡出视野的刹那，
我被吸入了黑暗。
在永恒的时光的洪涛中。
灵魂如何相认失散的彼此？

回望　谁为我洒下泪水

送我在远去的路上。

谁用慈悲和静默的注视，

灿烂了我的凋零。

云　端

从未想过
你我这样的凝望。
像是初次
又曾几何时。

谁能相信　心
可以这样无畏。
虽然没有白马，
也不曾到过草原。

夜追随着风，
犹如我追随着你。
在自由的云端，
让存在回到存在。

光　是黑天里的星子，
是你的眼眸，闪闪亮亮的
从岁月的阴霾里
落进我生命的湖。

风停留在
黑夜的肩头，
没有思忧
也淡去了人间的悲愁。

只余下你的缠绵，
我的不舍，
听宿鸟啁啾
月上心头。

孤　独

年少时的孤独，
是一场场挥霍青春的寂寞。
那梦中的背影，
点缀着别人的幸福。

年轻时的孤独，
是一个个秋雨梧桐的静夜。
听时间在飞溅，
彷徨着如雾如电的年华。

中年时的孤独，
是一夜夜觥筹交错的不归。
再没有一个酒杯，
可以斟满如诗如歌的烂漫。

年迈时的孤独，

是一滴滴花蕊上的清露。

在静默的深处照见，

那一朵一朵心底的花开。

风　景

黄昏的时候远望山谷，
沿着紫色的山坡。

长满了野草莓的路，
流云挂在树梢。

迟缓的昼与夜，
飘摇着如银的天光。

每一片风景的深处，
都蕴涵了静默的欢喜。

风鼓荡着造化的妙思，
把温柔和深幽吹向旷野和山林。

褪去了残冬的苦涩和疲倦，
雕刻出万物的神采。

万　千

快乐的心
是四月的沉醉

朝着每一片风景
任由风透过我的身体

时光的抚摸
沿着那生命的皱褶

一如那灵的光
映照在湖的心上

亦如月的慈悲
度化了水中的白莲

万千神奇

凝结在这一时

化为万千的悲喜

生命的潮汐

时间停止了

时钟疾驰在微暗的光中，
雪落在黑色的夜，
熔岩从地层潜行上来。

有一双手拨动了大地的风琴，
瞬间击垮时间的洪水，
自由　降临在真理的面前。

时光飞速地穿透着生死，
把我高举在风的前头，
月光神圣　宛如永恒的宣言。

星星的花束　在我们的头顶
如瀑布一样飞散倾泻。
时间停止了！

在那弥漫着曙色的梦中，
在那超越了光年的速度里，
我遇见一个别样的轮回。

这一时的情形

遇见你
总是奇迹。
绿雾带着细雨，
轻风点染旖旎。

这一时的情形，
是蓦然回首，
是灯火阑珊。

这一时的情形，
风不再动，
雨不再落。

唯有流云和飞花，
唯有前世和今生。

你的身影　还有

那回眸间的忧伤，

黯淡了我整个的世界。

再见你

总是无言。

笑颜隐含秋露，

浮云掠过山冈。

这一时的情形，

我相信了造化。

你站在时间的那头，

带着告别的眼神，

迟疑　如化不开的冰河。

如果微笑和凝望，
能留住你的目光。

我愿意就这样，
站在你的对面，
成为静默的雕像。

吻

吻　长久地
激情　窒息了时间的节奏。

宁静宛如月光，
肉身从茧子里伸出了翅膀。

嘴唇　犹如两条鱼，
游入那宇宙最神秘的产道。

我们的灵魂，
正在那里被重新分娩出来。

重生　在万物颂赞的时刻，
神圣而又狂喜。

你紧握过的手

你紧握我的手，
仿佛要将一生的命运握住。
在这离别的时刻，
我不敢抬头，
更没有勇气回眸。

我的身后是你的远去，
犹如黑夜的梦。
黑白的底色，
雾雨中的背影。
又像一部灰色的电影
淡出在黎明的前夕。

背对的方向，
是我们彼此的路。

每一盏途经的灯光，
都指向一个新的十字路口。
在并不确定的明天，
在另外的一个世界，
开始崭新的思念。

就在颔首的刹那，
你紧握过的手，
在黑暗中滚烫地张开。
我惊奇地看到
你的灵魂映照在我的手心。
无限的光华，
永恒的灿烂。

万圣书园

我们俩
曾在这里相视而坐。
交谈过我和你
过往　现在
以及诗歌的问题。

我们俩
曾在这里无言相看。
只一杯清茶
听宿鸟啁啾
看寒星的升起。

而此刻
空空的对面,
静默代替了问题,

98

萧瑟的雨季代替了你。

千万次的观想，
也触摸不到
你可爱的神气　你的呼吸
和那自由的思想的潮汐。

我搅动着薄荷，
想象和拼凑你当时的表情，
还有那挥之不去的背影，
并非别离的别离。

黑色的猫从黑暗中闪过，
两道蓝光　冰冷的诡异。
空气里弥散着，

书籍的嘲弄和怀疑。

时间和空间
究竟是一种幻想。
盛着离合
织着悲欢的游戏。

这个时代不需要回忆。
我依然在一种月光的背景下,
以我全部的勇气,
触摸你的十指和当时的问题。

热　火

热的火你已不能点燃我。
太多的泪已将我打湿。
我不能燃烧不能放光，
不能在你的希望中死而复生。

我潮湿的身体被碾压在
命运的车轮之下。
羽雀样的纹理再也蓬勃不出
春天的嫩芽和绿色的不羁。

夏夜的清露和冬日的残雪，
注定是两处流淌的泪。
灵质的爱和透明的美，
注定在濒死的天涯里风干。

热的火你已不能点燃我。

太多的泪已将我打湿。

我不能燃烧不能放光,

不能在你的希望中死而复生。

高山流水

你不是画家
不能留给我永恒的画作。

你也不是诗人
为我写下瑰丽的诗篇。

你甚至不会雕刻,
让我的身姿成为万古不朽的纪念。

那么就请你　留给我
一些精致的怀想。哪怕

只是一朵小花一株细草,
或是一片飞雪一处晚霞。

然而　这一切也都不是
我所要的给予。

我要的　只无非是这一刻的相知，
耳畔的这一曲高山流水。

启　示

倘若没有你的启示，
每一片风景　怎能
显现出动人无际的光韵。

每一种声音　怎能
言说万古深藏的奥义。

如何把自己交付给自然，
上帝或是死亡
近旁或者是远方。

你赋予我神圣的期许，
在每一个金光万道的日暮。

我们分享过的食物

以及聆听过的音乐，
超过了食物和音乐本身。

哪怕一个微不足道的问题，
也有那令人沉醉的乐趣。

倘若没有你的启示，
每个目见的男人女人和孩子
怎会有头顶的神光照耀。

我怎会懂得一种高贵的心酸
一种自由的仰望。

如歌的行板

安详的空气里，
一个似曾相识的音符飘过，
往事从你的头顶闪现，
仿佛时光倒流。

在那飘着细雨的夜晚，
一个如梦的窗下，
那时的你还年轻，
我也没有一丝白发。

在那安详的空气里，
有一个旋律在回旋在流动，
犹如静谧的晨曦初显，
那是如歌的行板。

无数梦幻的光点，

似诉说　似泪光

似这如歌的行板。

似我们曾经的青梅竹马。

比馈赠更高的馈赠

请你替我摘一枝碧桃,
也或许是海棠,
虔诚地夹在你心爱的诗集。
在我们相逢时带给我,
连同那美丽的诗行。

也请你用你的眼睛,
你尽情的呼吸,
遍览人间的芳菲。
在我们相遇时凝视我,
让我透过你的神情
体味那暮春的气息。

我要好好收藏这一片,
世间最珍贵的花瓣,

连同你手心的温度和
折下的一刻她那幸福的痛楚。
也要永远地铭记，
你的目光里印刻着四月的目光。

就让这片小小的碧桃，
也或许是海棠，
成为一种比馈赠更高的馈赠，
温柔而又宁静地陪伴我，
在我的书桌　也或许
在我即将远行的路上。

她将浸透着你的爱，
永不消褪的色泽，
绽放在每一个万物葱茏的季节。

告诉我　我们曾经一往情深
我们曾经拥有过许多
沉醉而又幸福的时刻。

去吧　快快去吧！
替我采下一枝碧桃，
也或许是海棠，
虔诚地夹在你心爱的诗集。
在我们相逢时带给我，
连同那美丽的诗行。

果　子

在我的体内
挂满了沉甸甸的诗句。

就像满树的果子
即将成熟。

不只是甜美,
也有些许酸楚。

饱满的果肉
啜吸了生命的花浆。

一枚一枚　独自采撷
在语言觉醒的清晨。

否则　它将落入虚空，
化为黯淡的尘泥。

倘若没有灵魂的自由，
永恒不息的希望。

就无力催开一朵花的祝福，
以及那果实的琼浆。

我要等你一起

我要等你一起
所以请一定不要先行，
我也不会后退。

我要等你一起
你不会孤单，
我会聆听你的全部。

你要等我一起
嘘寒问暖，
醒来和睡去。

你要等我一起
相濡以沫，
转世和轮回。

我要等你一起
再没有别的不舍，
也不会有别离。

你要等我一起
我是你另外的半颗心，
另一半的身体。

面对苦难的寒流
请你不要悲凄，
我会和你在一起。

割草机

割草机呼啸而过。
在万籁俱寂的清晨
摧毁了梦的安宁。

肆无忌惮的叫嚣，
仿佛暴戾的刽子手的屠刀，
把草丛推倒，刈为平地。

草叶从高空飞飏散落，
层层叠叠的尸体，
连同柔弱的尚未结穗的花朵。

星夜闪动着惊愕的眼睛，
黎明为惨烈的风景盖上了棺盖，
春风犹如葬礼。

但是，阳光终将照耀进
这一片苦难的深寂，
连同它的腐朽。

无言以对

你说用了一个白天给我写信，
想用它来告知我，
你的理由　你的心灰　还有那
星空的追忆和命运的问题。

你说感动了自己，
却感动不了我的沉默。
我不能任由绝望的泪水，
湿透我全部的心绪。

为了那珍贵的宁静，
对仓促的人生我永远保持沉默。
隐忍　从容　坚贞　作为沉思者，
一如既往地云淡风轻。

在写出的信和删去的字之间，

固然有不可触碰的痛楚。

无言以对　才是爱的

最痛苦的表情。

生生之意

我的双脚犹如冰雕，

头顶冻结了一部诗集。

如果你在　请不要难过，

请依然替我给世界一个轻吻。

让每一条河流的温度

就此越过冰点。

心灵与心灵之间的谜，

囚徒与囚徒之间的剑拔弩张，

就此消融　就此解除

在彼此自由欢快的国土。

在那轻掩的栅栏里，
在蒲公英和蝴蝶的飞舞中。

让时光的运思
编织温暖和安详的故事。

让一切生意　流淌在眼前，
借着那片动人无际的光景。

多么相同的两个心灵

我随手翻阅你留下的书，
在即将迁徙的凌乱的时刻。

时光在书堆里放松下来，
漂泊者的心也慢慢打开。

那呼吸的节奏，
依稀停留在字里行间。

一条红线跃入眼帘，
泪水　顷刻间从心底涌出。

你的刻画留下了一个精神的路标，
在岁月的心灵里吟咏回响。

122 两个时代的思想在理性的驿站停留，
啊！多么相同的两个心灵。

造化如谜

有一种问题　不能轻易地问出，

那只会延长心灵间的距离，

甚至宣告一种永远无法接近的别离。

有些横亘的藩篱永远也不能逾越，

也不要试图为自己的善意寻找理由，

或是对感性报以理性的怜悯。

泪水一旦被解释就会变得虚假，

一如生活的真相不能被分析，

深沉的痛楚没有任何理由可以言说。

一旦沉默就只有永远地沉默，

造化如谜　看它紧闭着嘴巴一言不发。

124 保持一些素面相对的同情和悲悯吧！

就像悲悯那常常心血来潮的命运。

莎士比亚的森林

埃文河将一座月光下的森林，
装进了莎士比亚的心里。
每当天光消逝，宇宙变得轻盈，
星星像一群逃离天庭的精灵。

月光洒在苏格兰的荒原，
地下的君王惊魂未定。
每一颗嵌入皇冠的宝石，
是墓碑下潜藏的鲜血的命运。

他梦见奥菲利亚穿过低垂的杨柳，
精灵们环绕着馨香的草地，
薇奥拉的手中握着一把流萤。

自然的想象波动在梦的涟漪，
在雅典的森林飘出银铃般的歌吟，
荡漾出十四行诗的深情。

船　歌

有一条破敝的船，
搁浅在无人的海岸。

他那破敝的桅帆，
是狂风拨断的琴弦。

他的琴声曾与暴风雨合奏，
也曾征服过海妖的诅咒。

锈斑是厚重的伤痕
是冰川和礁石留下的纪念。

那船舷上巨大的黑洞，
是他瞭望飓风和新大陆的双目。

透过那片静谧的海域，
不止一次看到那辉煌的航路。

仅凭他的意志他的船舷划定的边界，
以及崭新的海洋的版图。

一个永不沉没的神话，
转眼就已经风化。

连同一个时代的背影，
消失在海岸的尽头。

这是船的宿命，
也是静默无声的密诏。

不是葬身于黑暗的海床，
便是废弃在寂寞的荒郊。

然而废弃的仅是躯壳，他依然
威风凛凛地出没在水手的船歌。

在日出灿烂的时刻，
在晚霞光辉的瞬间。

玫瑰花蕾

点赞　青春的表达，
同化着一种时代的宣泄。

直接而浅白的态度，
关于喜欢　迷恋　男神和女神。

唯独那盛典的意义，
却变得抽象　空洞　摇摇欲坠。

点赞　意义沉沦，
陷落在一个节日的狂欢。

在陌生而又狂热的欢呼中。
我掩藏起自己的惊慌。

作为一个局外人，
我用简单的沉默反抗简单。

一些人把灵魂和纯洁的生命，
埋葬在了盛名的背后。

良知封存起这个狂欢的拷贝，
直到历史选择真实地回放。

历史总有自己的方式，
追忆一个时代的离去和背影。

怀念那无限纯洁和宁静的
关于美和艺术的“玫瑰花蕾”。

疏离在狂欢的叙事之外，
我们选择构筑起另一个文本。

就在沸腾喧嚣的一个角落，
以它特有的叙事缓缓展开。

感　恩

感谢你在我还没有凋萎
化入泥土之前采撷了我。

感谢你托举这柔弱之枝
在你温暖而又宽厚的手掌。

感谢你轻吻这一枚
散尽馥郁的花用圣洁的唇。

感谢你滋养我以这
人间甘醇并解下我的卑微。

纵然我残弱的躯体
将在黎明到来时化成浮云。

纵然我灿若烟花的

青春希望燃烧尽在弹指间。

纵然我是用了几世的修行

才换来这片刻的凝望。

我短暂的生命依然在你仁慈的

照耀之中变得无限荣光。

别无选择的选择

一朵矜持的花，
是雏菊　是紫丁香
还是一朵素面的山茶。

怀揣着一个花期，
从未对谁敞开的心事，
关于那遥远的枝桠。

枝桠只是一个想象，
一个终将无法拒绝的命名，
一种别无选择的选择。

高高的木棉树的顶上，
或者热烈的蔷薇　妖娆的紫藤，
也许是一株含笑的虞美人。

丰腴的牡丹和天真的茉莉，

还是落在那一潭清寂的碧水，

开成一朵雨后的白莲。

时光不允许太久的迟疑，

无论是近旁还是远方，

矜持的花注定开在不确定的枝桠。

遇见三毛一样的女孩

遇见三毛一样的女孩，
不羁　怀疑　孤傲的叛逆。

阴郁　弥散在瀑布一样的黑发间，
流淌出荆棘丛生的气息。

她的脸上写着一部未完成的小说，
一半在清晨一半在午夜。

海雾一样的朦胧，
又是野火一样的自在。

那乌黑而又触目的痣点，
是漂泊者的预言和标记。

宁可倔强地流浪，

也不在世俗的目光中徜徉。

再没有别的祈求

亲爱的　我说给你听的
原本应该面对上帝的时候再说。

在这必将到来的时刻,
请把一切悲欢交付给时间。

怀着坦然　自由和感激,
在这不乏意趣的世界。

回忆我们的青年时代,
两颗孤独而又坚贞的心灵。

是如何面对了无数的困境,
找到了继续跳动的理由。

不去祈求时光倒流，

对我们　时光已献出所有。

也不必恐惧终将到来的结局，

每一种无法预知的到来。

在爱情驻留过的地方，

有一些回忆值得慢慢咀嚼。

在灵魂疲惫不堪的时候，

请不要忘记抬起头颅仰望天空。

我想和上帝说的

也只有这些　再没有别的。

你听过了就不要忘记，
在我说出的时刻。

我的灵魂已经在那片，
鲜花盛开的土地上等你。

亲爱的　除了无限地接近你，
我再没有别的祈求。

僭越

青春可以无意识地傲视一切，
就像香气鄙夷并任意抛却了花枝。

在想象中宣告他的独立，他的不羁，
他的盲目而又狂热的坚持。

无数的快乐、惊奇和誓言的包围，
义无反顾地放任着胆量。

他试图颠覆犹豫不决的世界，
也不惜拿着自己的命运去冒险。

青春　作为生命的君主，
反复僭越并篡夺着理性的领地。

凡人所敬畏的　他都报以不屑，

只因这是他生命中唯一的一次执政。

不可言说的言说

总有一种时刻，

陌生的风携来幸运。

一切不可能　在瞬间，

都成为了可能。

希望的手帕擦去命运的忧伤，

赠我以繁星和花束。

从此　我们的眼睛

不再贮存泪水。

只需静静地守望和等待

作为自然最和谐的一个篇章。

总有一种时刻，
月光逃离了危险的花园。

一切美好的图景，在瞬间，
都化为梦幻泡影。

灰色是秋天的姐妹
是心底那一片挥不去的阴云。

在黑夜的最深处，
一个梦包裹着另一个梦。

信仰是否依然坚信不疑？
天使终将会赐予粮食。

总有一种时刻，
死亡让我们恐惧时间。

一切笃信的意义，在瞬间，
都化为了荒诞。

写在纸上的诗篇，
诗行总是比心灵更加美好。

世界呈现为一个个虚幻的意象，
时空的建筑里空空如也。

静默与绝望的空气里回响着追问
明天的世界会是怎样？

总有一种时刻，

爱与创造令我们沉醉和狂喜。

生的短暂　在瞬间，

闪现出灿烂。

就像一朵小花，

盛开在荆棘丛生的篱墙。

所有的意义在这一刻显现，

犹如造物主的诗篇。

造化幽玄不可言说

每一个瞬间都是惊心动魄的创世记。

停留在心灵的停留

偶尔翻开一部厚重的书，
书体上停留着似曾相识的触觉。

似曾相识的专注的模样，
还有那甘醇的气息。

像一阵阵午后原野上的风，
缓缓地拂上我的额头。

那是柔暖的指尖的抚摩，
带着那尚未散尽的余温。

一枚红色的标记
犹如一道闪电般坚毅的身影，

又像一场壮观的日出，
跳动着跃入我的视线。

那一道道有力的划痕，
像一次次揽我入怀的那个臂弯。

绯红了我的视野，
倒映出动人无际的波光潋滟。

在这写满了智慧和沉思的瞬间，
停留在彼此心灵的停留。

一把斯特迪瓦里小提琴

一把斯特迪瓦里小提琴，
在伤痕累累中闪耀着灵性。

她垂颔如天鹅一样优雅而谦逊，
数个世纪的时光化为了轻盈。

轻盈　如晚风栖息在树荫，
又沉重得　如风霜严寒的欺凌。
无数的音符默记在她心底，
匠人的心血流淌出那红色的光晕。

哪一支弓能唤醒她的休眠，
在那安静而又倔强的裂痕里，
弥散着北方的松林在日照下的气息。

一把琴的命运，

注定是永远的孤寂和迁徙，

唯有歌唱与她至死不再分离。

我读出了风

面对着赤裸的山的悲怆，
在那粗砺的结构和肌理中我读出了风。
读出了秃山与红河的秘密。

读出了荒原　文明　种族繁衍的秘密，
读出了自冰河期以来的秘密，
读出了秘密背后的永恒的真理。

有一双脚被这粗砺的岩层磨出过血，
有一双眼睛在这荒芜和奇绝的垂直高度上，
呈现过婴儿般的惊奇。

在人类应该保持缄默的边界，
画家以上帝的名义投下了第一束光。
透露着生命与存在相遇时的全部谜底。

在那蔚蓝色的天幕下旋转的风,
是伟大的造物主的手。
托起了喜马拉雅从地表分娩出的那一刻。

凝固了帕米尔奇迹般的崛起,
地下的岩浆　山峦与低谷的对峙。
它凝固了时间凝固了被遮蔽的真实。

风的雕塑遗落在了光的速度,
肉体的绝望和意志的狂欢
在深渊和低谷在死亡的临界处厮杀。

风化的危险和重生的创痛,
在承受和征服的对抗中遭遇,
在这斑斓的色彩背后流淌出苦难的美学。

那万古不变的风蚀的地壳，
携带着宇宙的使命，
摧毁一切又创造一切的力量。

风在激烈的笔触间席卷一切，
携带着金属和尘土　呼啸而过
雕刻出河川的身姿与祖先的面目。

雕刻出神话　文明　顽强的种群，
还有那苦难的基底上向死而生的崛起。
就像一部充满神意的杰作。

蕴含着最伟大的启示和哲理，
透露着苦难的基质下亘古不变的规则，
在那皱褶的肌理中闪耀出时光的舍利。

从各姿格雅雪山到群果扎西滩,

从格拉丹东到楚玛尔河,

从多曲　热曲到鄂棱湖　扎陵湖　日月山……

画笔给予画布的

也是风给予大地的触摸

在一个僵硬的风化的地表

奔突出永恒的河流　奇峰　山谷的瑰丽

以及生与死在两个极点上残酷的张力。

还有那部族迁徙的悲壮的记忆!

在悲怆的静默中我读出了风,

读出了从沉默的宇宙的深处吹来的风,

惊心动魄的皱褶和光的独白。

历史与神话是另一种形式的叙事。

每一处苍凉的笔触都造就出一种象征，

激发出神话的想象和不死的信念。

在那赤裸的放光的山巅，

我们读出了杜乔　贝里尼　弗里德里希的隐喻，

读出了卑微与神圣相遇时那必将经验的跋涉。

在那山的流淌中有风铸造的神殿，

有达·芬奇的追寻　有西斯庭教堂天顶的圣光

圣贤的亡灵正从那里通向天国。

新世纪的雕像

在苏格拉底辩论过的公共广场，
卢梭沉思与漫步过的静谧的湖畔，
从孔子周游列国的路线，
到这一列疾驰的新世纪的列车，
无数个清晨到午夜，
我们看到了人类最新的雕像。

作为活动和呼吸的群体雕像，
弯腰　垂首　面对一方小小的界面。
这是人类有史以来最宏大的行为艺术，
这一静默的凝固的群体姿态，
界面时代顺从者和驯化者的形象，
已经遍布一切古代征服者的版图。

凯撒惊愕！成吉思汗也勒住他的战马！

十字军的尸横遍野只换回基督的叹息，
亚里士多德还没来得及启示他横扫亚欧大陆的弟子，
征服——竟然可以不必血流成河。
新世纪的图景令历史和历史剧都太过沉重，
它摧毁了暴君、圣贤及一切思想的边界。

从雅典卫城到罗马的斗兽场，
从君士坦丁堡到自由女神像，
从东方到西域　从两河到恒河
从火刑柱、断头台的所在到神庙与殿宇
风一样的速度　空气一样的蔓延裹卷了
有色或无色的种族　富有或贫穷的国度。

科技的幽灵　是另一种黑死病的扩张，
娱乐至死是一场不能幸免的瘟疫。

无所不在的语言和图像囚禁了想象，
囚徒的雕像在历史中显影：
弯腰沉默的黑奴，巴士底狱的政治犯，
还有米勒绘画中那躬身的拾穗者。

奴隶的枷锁被重新接续起来。
同样的弯腰　躬身　垂首　缄默
这是姿态、精神、基因的时光复制。
然而这一次我们却听不见反抗者的声音。
伴随着遗忘、顺从与趋附，
背对星空的眼睛厌倦了真理的悲剧。

自由的沉思和高贵的冥想，
终于被虚幻的图像和文字的碎片所替代，
技术在对信仰的嘲弄中尽情狂欢。

160

生命政治　正以自由为名开始新一轮的远征，

在自由的名义下自由被自由所背叛，

人——终于沦为了宇宙的碎屑。

生活正在离去

生活正在离去，
历史是面对夕阳的遐想。
当莎士比亚遇见你，
借你的嘴说出了真相。

闪电有一天会突然袭击大脑，
收音机的电波声会撕扯着耳朵，
当你凝视着对手，
却怎么也想不起台词。

当你从伟岸的父亲，
蜕变成一个丧失意识的病人。
当意志终将沦为腐朽的肉身的囚徒，
谁不在恐惧时间？

生活每时每刻都在离去，
在脆弱易变的偶然之上。
养老院的尿片和阿尔兹海默症，
正在等待并嘲笑着我们。

痛苦吧！如果泪水可以拒绝虚妄，
拒绝无法把握的终极的显影。
在生命的暮年，
你所扮演过的角色终将悉数谢幕。

灵魂将先于肉体远行，
智慧必将从黑暗回到无边的黑暗。
疲惫的肉身永远也追不上灵魂的影子，
就在此刻　你的双脚跨越生死的交界。

每一个崭新的黎明和黄昏之间，
都埋葬着我们的一截性命。
生命是一个不断逃逸的偶然
和终将褪去的潮汐。

每时每刻　时光在离去，
一切我们喜欢或不喜欢的，
热爱或憎恨的，
都在离我们远去。

世界终将从我们的身上脱落，
领受吧！领受一个倏忽多变的世界。
生命和死亡　在同一时刻
在同一个背景中出场。

“全世界就是一个剧场,
上场下场各有其时。”
只是在灵魂返回那遥远的彼岸的途中,
请别忘记　留下你精神的路标。

基　因

一只蚊子停留在人的床头，
雪白的墙上十字架的位子。
鼓胀得像一粒鲜红的玛瑙，
它已经从人的体内吸食了一夜的血。

只需抬手轻轻一挥，
它爆裂的终局就和它的祖辈一样。
不过　人决心让它悬挂在那里，
纵然它冒着无数次被击落的危险。

食过人血的蚊子与人还有些关联，
它的暴虐和嗜血里沉淀着人的基因。
它将继续蜕变成一只蚊子，
它的子孙还将以食血为生。

166 不过人的仁慈抵不过蚊子的宿命，

它早已进入了一个蜘蛛的视野。

钢　琴

你的人生
像一架蒙上白布的钢琴，
落满了一身尘土。

高贵的形式
以及灵动的音符，
在黑暗的遮蔽中风化失声。

正在脱落的键，
一如你渐渐松动的牙。

病　中

今天已被放弃，
身心俱疲
我需要彻底的睡眠。

倘若身处乱世，
别离也就是
这样的一番凄凉。

走过的路在远方消散。
没有什么是沉重而又
不可放下的。

把生活的重负还给生活，
把恨归还给恨，
把屈辱还给屈辱！

就像每一滴泪水

在酸楚的一刻

总要夺眶而出。

空　了

时间犹如灵魂一样飘荡　很轻
就像一个人的床突然空了。

来往的脚步像沙漏里的沙子　很轻
从四面八方流注向一个原点。

飞机飘挂在云雾里　很轻
我的每一念只能够到你的心。

世界在注视中远去　很轻
历史正一层层从我的身上脱落。

泪滴是暴雨中的迫降　很重
把美好的日子砸出了一个窟窿。

你拽紧夜幕的手拽疼了我的心

黑夜　在你的疼痛里塌缩，
塌缩成一口井，直达地核的深处。
天空倒挂在深不见底的地层。

一颗星　孤独地悬在夜色里，
它拽紧夜幕的手把我的心拽出了血。
月光，宛如胸片上的那朵阴影。

忧心忡忡的白鸽落在风的边缘，
阴郁的翅膀颤抖不已。
岁月的急湍奔腾在它惊恐的眼底。

无数的影子狂奔着尖叫着，
在六时零十分的空空的路口，
期待一个声音如期而至。

我在北方的风里问过路的春天，
怎样才能把五月的花瓣留在枝头，
正如让你留在我日日的问候。

精疲力竭的路口

轮胎如同我脚上的血泡，
在疼痛里保守着
和时间角逐的信念。

每个高速公路的路标，
高悬起哀伤的旗帜，
注视着死神飞驰的背影。

我把沉痛的泪还给尘土，
在这苦难的人世间，
我绝不能轻易点燃悲伤的火焰。

在并不确定的时光里，
总是会有一个希望停留在
下一个精疲力竭的路口。

父亲的茶

坐了太久　眼睛模糊起来，
那个叫我起来歇歇的声音
如今　在哪里？

放一杯茶　重复了上千次，
在我伸手就能够到的地方。
而此刻　杯子空了。

自己起身　假装听见你唤我，
沏上一杯同样的茶。
慢慢饮下　你好像点了点头。

俯仰之间

在那火红色的半空中，
杨树的枝条迫不及待地，
分娩出星空一样斑斓的叶子，
燃烧出了整个夏天的模样。

流云　在这喧闹的狂热中
低下了他沉重的头颅。
瞥见那深藏而又静默的根
早已在准备冬天的墓床。

角　色

千年不朽的戏文，
是一行行风化的文字的碎片。

一个个角色如同木乃伊，
寂寞无声地封存在文字的墓室。

他们苦苦等待活的灵魂的唤醒，
然后肉身站起　角色复活。

只为了在惊愕的目光中死而复生，
再验证几行心酸的泪水。

恩　赐

今天　澄明之光恩赐给蓝天，
透亮的云朵　和熙的暖风
带来了爱琴海的童话和阳光。

每一个人都适合在常青藤下打盹，
不需要理性的出场和思考，
任由微弱的昆虫在脚边狂欢。

胸膛袒露在灼热的光里，
双脚踏在清凉的土地，
是哪一位天神偷来这舒适的时光。

岁月尽情地翻飞在风的节奏，
记忆勾画出海边的萨福，
晴朗和风暴雕刻了她绝美的圣像。

每片叶子都饱含诗人的骄傲，

肥腴多汁　孕育着灿烂的果实，

酬赏着雾霾下的劬劳。

艺术的误会

艺术是一个被篡改了名字的弃婴，

人们寻访她　而她只寻访她自己。

博物馆的绘画　雕像　无数的展陈，

只是谢幕　是灵魂风暴的告别演出。

谁曾被神秘的微笑瞥见，

谁能体味那不可言说的言说？

艺术是毛虫化为蝴蝶的瞬间

灵魂隐蔽着苦难　轻舞和狂喜。

然而　在簇拥的人群中有多少眼睛

盯着那一枚枚带着空洞的茧。

楼外楼上

远山收回了风，
梦　正在归返的途中。
天光静观万物，
蓝月一点　升起在湖心。

去年此时
你我在楼外楼上，
却有几番骤雨　零落了
楼下的万顷荷影。

寻梦　伤心之处，
笛声被风雨耽误。
披一身萧瑟，
早晚　随秋霜归去。

看此时　保俶塔影

闲与湖山相照。

且饮尽杯中之趣

慢追溯　天涯路。

我在德胜门旁的城墙上

昨夜我读了一首诗，
里面没有酒　只有泪。
今夜　我在德胜门旁的城墙上，
喝了一杯烈焰一样的液体，
里面没有泪　只有酒。

精巧的盘子里依次放着
松茸　龙虾　芦笋和丰腴的螃蟹，
我的面前骄傲地站着三种姿态的杯子。
接着是生蚝　鱼子酱和神户牛肉，
寒光闪闪的刀叉　犹如刑具。

裴比 · 福吉我不知道，
波美侯梵蒂克里奈　对我是如此陌生。
酒庄　收藏　圣堤米隆，

仿佛远在另外的一个时空。
夜色掩盖了我的慌张，
它同情我这带着泥土气息的灵魂。

和我一样黑眼黑发的男人，
据说是一位法国的骑士。
拥有酒庄　也周游过世界，
人们乐意听他高谈左岸和右岸。
他突然让我想起刚去世的一位学者，
他的欧洲史和破旧的脚踏车。

此刻我在德胜门旁的城墙上，
这里可以远望见后海。
那里的灯火突然有些苍老，
我的感觉也变得迟钝和木讷。

造物主的诗篇

你把寒冷收起，
露出一片晴朗的天空。
让阳光照进来，
土地也变得柔软，
岩中之花纷纷盛开。

你把季节展开，
择一潭深静的湖水。
让雨滴落下来，
看涟漪随心漾开，
把绿色的秘密带给柳岸。

你把岁月融化，
像一缕无声的轻烟。
火光亮起来，

烟在火里轻舞，

重复着古老神圣的涅槃。

你把悲伤遗忘，

似一种陌生的遥远。

让记忆飘过来，

如晴空下的飞雪，

把自然的诗行写在我的近旁。

红　色

记忆　裂开的那一道口子，
令周身的血奔涌而出，
凌乱着优雅和沉静。

整个星空消融在滚烫的红色，
那片吞没我的黑暗，
是温柔的　庄严而又肃穆。

我周身的细胞正在撒向四面八方，
一双脚长在了天鹅的翅膀上，
手被烈风撕扯着　拽向了遥远的撒哈拉。

眼睛坠落　化为一片澄明的湖水，
双耳镶嵌在了喜马拉雅的雪山之巅，
湿漉漉的心脏滑向一个洞穴。

幽闭的时光逐渐浓缩成了一点，
浓缩成最后一丝浅浅的呼吸，
就这样交付了我习以为常的一切。

蓦地　那一声亲切而又遥远的呼唤，
明天就这样被留在了我的鼻尖。

涤除心尘

一场涤除心尘的雪，

让火红的枫林一夜间佝偻了身姿，

遗落了去年此时的妖娆。

花盏陨落　成为多余的衬托，

片片雪花　如无声的偈语，

在白茫茫的大地上书写下庄严的经卷。

与其说你遇见了白雪，

不如说你遇见了最圆满的自己。

未名湖的石鱼

柳烟　从天际垂下阵阵经幡，
写满了无上的般若。

一尊石鱼　终于在水里跃出，
噗通一声　击穿万古长空。

我偏爱写诗的荒谬

意义相较于荒诞，
犹如一场危机四伏的难产。
一切意义的背面，
潜伏着冷酷的毫无意义。

寻找真理和诗歌的眼睛，
犹如被撞击的岌岌可危的星球。
它被迫怀疑和拒绝一切信仰和神话，
也必然拒绝眼泪。

为的是看清
那个黑沉沉的谜团。
那吮吸了一切古代和现代灵魂的
命运一样的黑洞。

难道你可以拒绝进入，

而只是停留于那所谓光明的边缘。

或者在它的背后嘲笑着，

那些死去的无名的殉道者。

在这黑洞的深处

我终于听见了一个声音：

“我偏爱写诗的荒谬

胜过不写诗的荒谬。”

浮　城

红宝石一般的蔓越莓，
鲜红欲滴　狂野和安静的色泽，
犹如大地的美目与流光。
在随意的回眸中倾泻，
把时光注入这晶莹剔透的杯中。

夏季　斜倚在高高的云端，
瞥向这一座浮城。
微笑不再举起往事的铅砣，
放任它像泡沫一样地消散，
飘逝在昨夜的海上。

蓝调一样的花香氤氲着，
在细白的脖子和酥胸里逃出。
撩人的性感以及欲望。

旗袍里紧裹的肉体,
状似图腾的猩红的嘴唇。

人们彼此爱着　欢悦着　遗忘着,
在每一个街头和每一杯咖啡里。
盛夏　犹如一份晨报,
热烈的文字和广告里包裹着的
是一座无根和冷漠的浮城。

一棵雾霾里的树

一棵雾霾里的树，
是最后的一个支架　一支导管，
维持着大地最艰难的呼吸。

它已经等不及根的速度，
把自由的树冠托举向
一个灿烂和明净的晴空。

雾霾阻止了树与树的同情，
他们污浊的眼泪，
凝结在同样污浊的树脂里。

浑浊　昏沉　腐臭
死亡和干枯堵塞了叶脉，
空气里正释放着憎恨。

像憎恨一样蔓延的雾霾，

埋葬了文明下的苍穹。

长短句

一

当我醒来

百合花在盛开

时光就在我的枕边。

二

夜锁好了院门，

独留下一弯明月，

作他最后的一位宾客。

三

当我指给你看，

墙上粘着一个空壳，

蜗牛却早已不知去向。

四

四月的雾霭中，

我斜靠在你的慈悲里，

把脸放在那宽阔的手掌。

五

朗吉努斯

当你和我在同一分同一秒读到,

多么神圣的时刻。

六

十二月里

辛夷花一朵朵挺立枝头,

春天喷薄欲出了。

七

透过镜子

一丝白发反照出银色的光,

我采下这缕光给你看。

八

鸟鸣声缀成偈语,

梵音阵阵中,

我独享这一壶月光。

九

北窗前的焦尾琴，

蒙了多年的尘土，

它的梦是一首流水的涌出。

十

再灰色的日子，

放进你的从容里，

就会魔术般飞出一首诗来。

十一

每日此时

烹煮一壶清茶，

用那默默无言的火。

十二

灰喜鹊飞过　一瞬间

惊慌了流动的阴影，

好一道萧瑟和智慧的寒光。

十三

香气似有非无，

宇宙的静寂，

停留在一朵花上。

十四

弦底藏着一个天下，

《诗经》《楚辞》《红楼梦》或是元明清

今晚都适合用来下酒。

十五

飞逝的流星将见于下一个黑夜，

磨损的名字，

也将在新的时间里重生。

十六

雪落在禅房外，

凝结在梵音中的清寒，

如一羽白鸟悬浮于天际。

十七

惊蛰、春分、清明、谷雨，
身躯在僵硬的土地上，
逐渐耗成一株枯瘦的野草。

十八

掬水捧月，弄花香衣，
懂得妙趣的心灵，
会意着宋词的那一点精致。

十九

二月兰涌动着，

犹如紫色的谦卑的海，

作为万物葱茏的底色。

二十

在清晨对黄昏的记忆里

鸟儿遗失了翅膀，

正如梦遗失了光。

二十一

你灵魂的芬芳，

浓郁地弥散着，

在刚刚打碎的香料瓶里。

二十二

在深山的一座禅房里

宁静徐徐滴落下来，

超度了莲叶上的那一滴清露。

二十三

寂静无心久留，

月光已度过了墙，

阴影刻在残损的断碑。

二十四

伏案躬身

日复一日的艰难，

秋天已来到我的背上。

二十五

一弯下弦月
俯瞰人间，
如同垂颔的圣母的脸。

二十六

听陶碗里的茶
一盏水就氤氲出你的来处，
云雾缭绕的山谷。

二十七

月光落入了
一方深潭，
不激起半点波痕。

二十八

飘摇的竹影，
隐身在月色融融，
逐散它的是四面的风。

二十九

槭树的花落满了小径

金光灿灿，

不知哪一阵风会来扫去。

三十

梅瓶从案头掉下，

梅朵坠落，

四面是逃逸的花香。

植物与光

你看不见光，只好委身于火。
黑色的瞳孔内，飘摇不定的烈焰跳跃着。
在那漆黑的心田里，信守着光的神话。

借助风力，火总要烧向别的土地。
我怔怔地看着风火如荼，漫山遍野的火光。
绿色的花丛，瞬间扭曲化为黑色的灰烬。

对于一株植物，它的光应该来自太阳。
如果再有一次春暖花开，请你一定
要长在风的后面，一个有着阳光的山坡。

她的塑像

212

据说她是在反复化疗后离去的，

走时就像月旁飘过的云彩。

她的星星　还沉浸在悠然的梦，

醒来时一切都已成为了过往。

唯有她的爱情　像一首苍白的诗，

弥漫在记忆的荒郊野巷。

朋友们常常用泪水和着她斑斓的往事，

捏着她宛如生前的孤独的塑像。

生命的重构

一摞摞大大小小的纸，
犹如一个个逝去的日子的展览。

记忆是纷乱和脆弱的幻影，
纸张比生活更有逻辑和韧性。

面对数量巨大的凌乱，
就像面对一部有待剪辑的影片。

书写　是一种纯粹的当代艺术，
是有序和颠覆构成的冲突。

以符号的方式让纸
成为便笺　成为书信或文章。

每一张纸　都是一个问题的开端或结束，
却永远没有完美的终结与答案。

我褶皱了你　你褶皱了
我宛若凝脂的青春年华。

你把皱纹雕刻在我的额头和眼角，
衰老　是你不断延续的艺术的展期。

纸作为生命的重构方式　尽管
随时可付之一炬。

在时光的博物馆，
或许还能封存和追溯往昔的时光。

在此之前　他们将被入殓，

入殓进每一个标明年份的纸棺。

为的是能够腾出一片新的思想的空地，

留给下一个春去秋来。

白　露

江南的雨闪亮在一个个
含情脉脉的眼色里。
幽香　凝结在少女的两颊
半藏半掩在了翠伞和轻纱。

秋天正一滴一滴从白露里渗出，
几声鹧鸪　褶皱了一池风荷
卷起那一扇蓝色的小窗，
还有她蝶翅一样的两弯睫毛。

那一双乳雪般的纤手，
在哪一年的露水里浸湿颤抖？
那曾经的一曲《皂罗袍》，
如今遗落在哪一段秋风里？

在那青草嘤嘤的渡口，

在一个寒星陨落的月夜，

白露　恰好在西风前，

乘一叶轻舟划过了半个姑苏。

时间之铃

当一首诗闯入这个世界，
时间就被彻底改写。

不是诗歌囚禁在时间的牢狱，
而是时间　从此不再被放逐！

作为诗歌的永恒的钤印，
在神秘的缘续中确证他的真实。

对于时间　诗歌
是一切意义中最纯粹的意义。

借助诗　时间才能辨认出自己，
到达他所要到达的自己。

远方与近旁

眼睛　总是向往着远方，

而心灵总是更珍惜它的近旁！

没有了近旁，

一切都只是远方！

作为心灵的远方，

意义　在无望的希望里徘徊。

即便如此，

我也不祈求命运拉近你的镜头。

我愿自由地活在你的远方，

快乐地活在我自己的近旁！

海赠予海岸的节日

是哪一阵风携着巨大的洋流，
把我沉睡的梦推向了新的海际。

唤醒了五彩斑斓的沙砾，
让自然的圣歌吟咏在我的耳畔。

在这静寂的苍穹的弧线里，
留下那最精致的馈赠。

绯红的珊瑚　蓝色的珠贝
天使的竖琴以及那造化的箴言。

带来了极光和彗星的惊奇，
还有那蔚蓝色的天空的静穆。

纯洁的光　透过云团晕染了我的视野，

多么光芒四射而又宁静的辉煌！

从前的你是曾经的我

蜿蜒的路旁
一棵蜿蜒的树。

有一双脚印
勾勒出远方的路途。

从前的我来过此处，
不知何时，又是怎样离去。

远方弥散开草垛的气息，
在透明的空气中渐渐沉没。

阳光刺眼如飞射的金箭
灵魂被钉在了斑驳的墙体。

我们被断碑上的文字掩埋，
从前的你是曾经的我

在一个细雨纷飞的夜晚，
月亮曾轻轻地坠入过荒芜。

如是观

昨夜，我梦见了布达拉宫，诵经声不绝于耳。
跪满大殿的人群，僧人像风一样迂回穿行。

我静坐在佛堂，酥油印在我的嘴唇和额头，
只是轻轻地点了一点，而你并没有出现。

我遗落了几生的时间，却恪守着手表上的钟点。
马车上堆着五彩的纱丽，可有一角裙裾在等我？

黑暗中隐隐有光，是大威德金刚如炬的眼神。
此番他是度不了我了，因我还没将你等到。

他悲悯我的挣扎和困顿，眼底流出泪来。
不忍心我守望着轮回，在这个苦海无边的色界。

我曾恳求佛给予我信念，期待我转身时与你相遇。

让我明了那终将要回去的地方，以及一切的困惑。

也许你已经被度化，也许你忘记了等我。

在无数朝圣者跪拜的行列里，我正随风而去。

就在绝望的边缘，目光被定住，耳边有声云：

一切有为法，如梦幻泡影。如露亦如电，应作如是观。

静　夜

夜太深月无明，
往事如虚空。
心再热意再浓，
终归无人懂。

泪太多梦太凉，
缺月照疏桐。
听白雪泪如涌，
孤山含青冢。

恨太急愁如许，
红尘终太虚。
此别后若相逢，
相看海棠中。

这一天

这一天
从窗下的第一炉香开始。
我要把生活整理得光洁熨帖，
就像那洁白的炉雪。
趁大地还熟睡的时候，
我要去天使的树林，
捡拾起清晨的第一缕晨曦。

这一天
从一枝带露的白梅开始，
修剪去多余的枝条和叶子，
塑一个脱俗的身姿。
在无为静默的觉醒中，
让宽容与微笑朝向内心，
毫无保留地接受自己。

这一天

和每一位目见的人致意，

不必想热忱的理由，

熟悉或是陌生。

放下所有一切不曾放下的，

走过一切应该走过的。

听任时光在风中慢慢飘走，

不去追问她的谜底。

这一天

熄灭一切形式的照亮，

也无需外在的光源。

我要看着我自己在我的体内，

平静而又温暖地放光。

不思考黑夜白天的交替，

也不想昨天和明天　此刻或是未来。

在目光所及的每一个瞬间，

赞叹那广大庄严的奇迹。

流　光

流光把我的心
编织进自然的瞬息万变。

死亡在我们的道路上
撒下　遗忘的枯叶。

洒满月光的摇椅上，
东风如痴如癫如野如狂。

四月的梦和那一句鲜如甘棠的诗
被凋敝的芭蕉卷入了尘土。

日与夜擦身而过，
这是我们落入凡生的大地。

举目时春风十里，

回眸处已是秋水一池。

云在青天

二月的春雪如一首短诗，
黄昏在寒气中斟酌着她的韵脚。

从那诗中溢出的焕彩，
偶然间绚烂了西沉的暮色。

在槭树的苍凉所刻画的风景里，
幽微的深意正缓缓敞开。

你说这是你赠我的天空，
我说你是那云在青天的此时。

开花的时节只是开花

大可不必着急着活，
着急着日晷上影子的节奏。

在深秋的视野里，
春天　总是稚嫩和肤浅的。

尽管如此　二月的风
也要慢慢地　淡淡地吹。

在燕子尚未归来之前，
暂且借浮云烹煮一壶清茶。

流光溢彩的季节就在不远处，
岁月正在卸下衰老的戏妆。

每一片叶瓣的绒毛终将褪尽，
如同换上新弦的竖琴。

在梧桐树皴裂的枝干上，
弹拨出生命和死亡的交响。

新鲜欲滴的色彩顶落了，
过往的腐朽和僵硬。

开花的时节只是开花
蝴蝶只是蝴蝶　飞只是飞。

所有的果实都有归宿，
我们应当像早晨一样去生活。

我想终老在乌镇

我想终老在乌镇，
日饮黄酒一盅，无欲无求。
看东边的日头，
顺着水流落向西边。

三两卷书足矣，
我要省下远足的光阴。
但为几句小诗，
但留几丛芭蕉。

想时有竹影在手，
来研我的墨，氤氲我的年华。
还有那九九八十一座桥，
架起晓风残月的章回。

去年此时的燕子，
从北阁飞回我的南亭。
隔岸的笛声放归了夕霞与暮色，
晕红那如烟的杏花。

一簸一箩，一针一线
女子的指间拈着江南锦绣。
凡事不多用心轻轻思虑，
也不必太多的言语。

空气里有古老的启示，
日出而作日落而息。
存一副清瘦结实的骨骼，
白米酱菜几身布衣。

帮东栅的婆婆收收衣服，
替西栅的姐姐抱抱孩子。
日日有新鲜的问候，
无需客套，来则应，去无痕。

困了　就大睡一觉，
累了　河鲜米酒也可解乏。
梅雨的季节想想逝去的时光，
或暗自发笑或大哭一场。

青石板层叠出时间的表盘，
一舟一楫就可穿越五朝风雨。
我想终老在乌镇，
日饮黄酒一盅，无欲无求。

约 定

不是说好了么
海棠花开。
是你的迟我的疑
空等这春来了又去，
错过了前世的约定。

不是说好了么
姑苏城外。
是山的高水的长
空等这月圆了又缺，
轻负了几世的修为。

不是说好了么，
三生石上。
是梦的殇缘的尽

空等这心醉了又碎，

且等下一世的轮回。

莫高窟

走了这么久,
只为寻你的一个梦。
千山万水的跋涉,
只为推开这扇门,
去会你千年的等待,
轮回中的约定。

黑暗是孤独的冥想。
举一支油灯
沿着斑驳的纹理,
呼吸着谜一样的色彩。
只为悲悯你的心,
在幽闭中的绝望。

然而我看不见绝望,
也看不见枯死的肉身,
或者是丝毫的悲壮。
只看见佛光普照
平静的欢喜,
顿悟时的拈花一笑。

你说等了我千年,
泪水蘸着辛酸
才等成那一株不死的胡杨。
为的是我洗净风尘
睁开眼的这一刻,
看见你唇间的微笑。
再不要错过也不要回头,

那广大周遍的静谧中
有你安详的涅槃。

你以牺牲绘就的，
是歌唱　是舞蹈
是富足　是人间
是爱　是梦　是自由
是飞天的眷恋，
是菩萨的悲悯，
凡人与天神的狂欢。

朔风吹散了历史，
却吹不去你的从容。
黄沙深埋了记忆，

却掩不住你的庄严。
这里有无上的般若，
我和你的约定，
宇宙间无限的沉醉，
沉醉中的你和我。

月牙致鸣沙

我在你的手掌睡去，
一睡就是千年。
你守望了我千年，
直到你的身躯
化成山化成沙粒
化成了胡杨的褶皱。

你怀抱了我千年，
把手臂弯成绵柔的沙丘，
生怕那僵硬锋利的岩石的倒影，
触痛了月牙的哀愁。
唯恐那坚硬突起的棱角，
无由地惊扰了这一潭清幽。

我沉醉在你的怀抱，

一醉就是千年。
直到醉成了一弯月牙，
笑成了这一泓清湫。
我成为你黑夜里的明光，
你来做我晴天里的护佑。
除了细语和缠绵，
再没有别的祈求。

大漠荒野　阳关三叠
觱篥声绵延出千年的卷轴。
多少繁华和绮丽，
也经不起时光的回眸。
在静默的时光的深处，
驼铃还回旋着寂寥的余响，
孤独者的远游。

我只愿在你的胸膛细细流淌，

做你心头的一滴眼泪。

和你默看和相守，

在你的怀抱中沉醉与欢愁，

成为你生命的理由。

后　记

在我向诗灵敞开自己的时候，诗是我确证自我存在的重要方式。

《吉檀迦利》是我钟爱的第一本诗集，它给予了童年的我信仰、爱、勇气以及人生意义的最初启蒙，我想也许正是这种体验决定了我的命运。

从不可知的天空带信来的使者们，向我致意又向前赶路。

我衷心欢畅，吹过的风带着清香。

天上的流云以及那吹过的微风与我相互致意，这种相似的体验令我震撼，让我感到一种亲切和熟悉，让我在忧伤中获得一种抚慰和温暖。自此，诗歌再也没有离开我，一种精神性的生活再也没有离开我。

春天把花开过就告别了。如今落红遍地，

我却等待而又留连。

潮声渐喧，河岸的荫滩上黄叶飘落。

……

但是在那里，纯白的光辉，统治着伸展着的为灵魂翱翔的无际的天空。

在那里无昼无夜，无形无色，而且永远，永远无有言说。

植根在这些诗句中的根本性追问启迪了我对于形而上问题的兴趣，将我引导到一条精神追求的道路上去。那“统治着伸展着的为灵魂翱翔的无际的天空”里的“纯白的光辉”，对我而言就是解除心灵桎梏的力量，在苦难旅程中满怀美好的希望，在不圆满的生命里获得圆满，更深入地倾听这个世界，从心灵的冲突中跃入明朗万物的境界，重新发现可信赖的风、春日和自然，从而诗意地安居于大地上。

我从事美学、艺术学、戏剧学的研究。在宗白华的《美学散步》中我找到了哲学、美学与诗歌最完美的融合。宗白华以通透、诗意、明朗照人的语言将中国艺术和美学的思想与精神传达了出来，诗与思最终融合为一种经典的艺术理论范式。他告诉我们，一个内心没有诗歌的人终归与艺术和人文精神相隔遥远，也终归与完满的人性相隔遥远。《美学散步》向我敞开的是生命与存在的光辉，是一种关于诗的信仰。我热爱美学与艺术学的研究，我相信这是天意所在。

林语堂说，诗歌教会了中国人一种生活观念，使他们用一种艺术的眼光来看待人生：

> 它教会他们静听雨打芭蕉的声音，欣赏村舍炊烟缕缕升起并与依恋于山腰的晚霞融为一体的景色，它教人们对乡间小径上的朵朵雪白的百合要亲切、要温柔，它使人们在

杜鹃的啼唱中体会到思念游子之情。它教会人们用一种怜爱之心对待采茶女和采桑女、被幽禁被遗弃的恋人、那些儿子远在天涯海角服役的母亲，以及那些饱受战火创伤的黎民百姓。最重要的是，它教会了人们用泛神论的精神和自然融为一体，春则觉醒而欢悦；夏则在小憩中聆听蝉的欢鸣，感受时光的有形流逝；秋则悲悼落叶；冬则“雪中寻诗”。在这个意义上，应该把诗歌称作中国人的宗教。

（林语堂，《中国人的宗教》）

诗歌使中国人在精神世界里过着一种高贵的生活。诗歌如此深切地影响并深入中国社会，她教会中国人在任何时候保持至善和良知，她教会中国人富有同情心地生活；她教会中国人在大自然中体会万物一体、民胞物与；她教会中国人在质朴的生活中追求生命的意义，让充满艰难的生活变得更有希望，让有限的人生变得更值得度过。诗歌对于中国人的意义，就在于提升心灵对于生活和艺术的执着热爱，并为个体的生命浇灌力量，正是这种热爱，正是这种个体生命所受到的希望和信心的浇灌，才使诗歌具有了类似宗教的力量。

在此意义上，“美的神圣性”成为诗的至高境界。张世英先生提出以对“万物一体”的崇敬和敬畏之情来建立一种无神论的宗教，目的也是要在现实世界中（而非在超验的彼岸）寻找人生的终极价值。人生终极价值和意义的实现在“此岸”而不在“彼岸”。一切美的意义当实现于我们存在的生活世界。诗歌贯通现实与审美，贯通世俗与神性，贯通有限与无限，使人生最终极的意义不再借助宗教的力量，不再基于宗教或神明而得到阐释。在此意义上，诗歌和艺术实现其现代救赎的使命才成为可能，美的意义和独立地位的确证才成为可能。现实人生中存在着一种绝对价值和神圣价值，这种绝对价值和神圣价值的实现不在别处，就存在于我们这个短暂的、有限的人生之中，存在于一朵花、一叶草、一片动人无际的风景之中，存在于有情众生之中，存在于自我心灵的解放之中，存在于对个体生命的有限存在和有限意义的超越之中。诗歌的光照在于显现我们所生活的这个世界的全部意义和美，这些意义与美向我们显现出存在的本来面貌。

加布里埃尔·热尔曼说：“具有心灵的人，只听从天地的召唤。”诗人就是这样一种人。巴什拉进而认为这种人“排除了充斥着日常生活的所有忧虑，摆脱了来自他人的烦恼”，这样“他会感到在他的身心中展现的一种存在”，这种人“真正成为他的孤独的构造者”，从而“能沉思宇宙的美丽的面貌”，“他向世界敞开胸怀，世界也向他开放”。(《梦想的诗学》)

正是在向世界敞开胸怀，世界向我开放的过

程中，“沉醉”成为最具诗性的生命体验。故以《四月的沉醉》为书名，观自我之人生，沉醉于自然，沉醉于思想，沉醉于诗歌和艺术，沉醉于绝无仅有的当下，沉醉于美的神圣性体验。

四月

丁酉年闰六月于燕南园

图书在版编目（CIP）数据
四月的沉醉 /四月著．—南京：译林出版社，
2018.1
ISBN 978-7-5447-7072-9

I.①四… II.①四… III.①诗集－中国－当代
IV.①I227

中国版本图书馆CIP数据核字（2017）第229544号

四月的沉醉　四月／著

责任编辑　于伊莎
装帧设计　一千遍工作室
校　　对　张　萍
责任印制　单　莉

出版发行　译林出版社
地　　址　南京市湖南路1号A楼
邮　　箱　yilin@yilin.com
网　　址　www.yilin.com
市场热线　025-86633278
排　　版　南京展望文化发展有限公司
印　　刷　恒美印务（广州）有限公司
开　　本　787毫米×1092毫米　1/32
印　　张　8.875
插　　页　10
版　　次　2018年1月第1版　2018年1月第1次印刷
书　　号　ISBN 978-7-5447-7072-9
定　　价　68.00元

目 录

月牙致鸣沙

四月

我去你的手掌睡去，
一睡 就是千年。
你守望我千年
直到你的身躯
化成山 化成沙丘
化成了胡杨的褶皱。

你怀抱了我千年，
把山的身影变得阴柔，
陡峭锋利的倒影，
也会激起我的哀愁。
陡峭坚硬的棱角
無由地惊扰了我的清幽。

二零一三年六月十三日

雲在青天　　四月

二月的春宜如一首短詩
黃昏在寒氣中斟酌她的韵腳
以那詩中隱去的幻彩
偶然間绚烂了西天的暮色
（沉）

在橡樹的疊影所刻畫的
風景里幽微的深意正緩緩散开
你說這是你贈我的時空
（天空）
我回說你是那雲在青天的此時

二零一七年二月二十六日

白露

四月 2017.1.20

江南的雨落在一个

含情脉脉的胭色衣

幽香凝结成少女的雨衣，

半藏半掩去了翠年和轻纱

秋天下一滴一滴的白露里浮出

几声燕鸟长鸣　钩起一池的荷

卷起那一扇蓝色的小窗

还有蝴蝶翅膀一样的睫毛

那一双孔雀般的纤手

被哪一年的露水浸湿

那一首誓言的恋歌

好像遗落在哪一段秋阳

在那青草嫩嫩的渡口

在一寒星陨落细月夜

白露　恰好在西风前，

乘一叶轻舟划过半个姑苏。

未名湖的石魚

四月

柳煙的天際垂下陣陣經幡
隱藏無上的般若。

一尊石魚終於從水中躍出
嘆道一聲 劃穿萬古長空。

二零一七年四月五日

莎士比亚的森林　　　の月

埃文河像一座月光下的森林，
装进了莎士比亚的心里。
每当天光临近　宇宙变得轻盈，
星星像一群逃离天庭的精灵。

月光洒在苏格兰的荒原，
地下的君王惊魂未定。
每一颗嵌入宝冠的宝石，
是墓碑下埋藏的鲜活的命运。

他梦见奥菲利娅穿过低垂的杨柳，
薇奥拉的手中握着一把鲜花。
精灵们环绕着馨香的草地，
在雅典的森林郊外组织仲夏的舞会。

诗人的想象战胜去世的悲伤，
萦绕在四百年后纪念的情怀。

二零一六年十二月二十日

霜降　　四月

还来不及抓去最后的温暖
在阴郁的树幕中隐匿。
就被这突如其来的苍凉覆盖了
光辉的余韵，秋天在四季的枝头坠落

燃烧的枫叶瞬间收敛住
窜动的火焰遗落了去年此时的热烈
灰色的霜冻把它提前交还给命运
寒气和僵硬的大地间蓄谋勾结起来

花瓣卷拢　果实萎顿
那曾被十月感动的青空和斜阳
也变得忧郁和阴沉
幽寂地纠缠在枝节和繁华的收尾

二零一五年十一月五日

早春　　四月

鹅黄的柳荫似梦
似婴儿稀疏的细柔的发丝，
散发着乳香舒展开，
披了一季的冬天的肩头。

鸟儿歌唱 流转成枯瘦的蜿蜒
晕染了远山的水墨苍翠。
春风如是 卷起了芭蕉
静待那一抹最温柔的情愫。

我沉醉于四月的沉醉
怀着静默的欢喜和些许眩晕
像是躲进母腹的胎儿，
成为柔弱的那一团幸福。

风透过我的身体，
把那跳动的心思吹向树梢
唤醒她的芽苞
赴会我又一年的花期。

二零一四年三月二十五日